O MACACO ORNAMENTAL

Luís Henrique Pellanda

O Macaco Ornamental

Contos

BERTRAND BRASIL

Copyright © 2009, Luís Henrique Pellanda

Capa e ilustração: Rafael Nobre

Foto do autor: Matheus Dias

Editoração: DFL

2009
Impresso no Brasil
Printed in Brazil

CIP-Brasil. Catalogação na fonte
Sindicato Nacional dos Editores de Livros, RJ

P439m	Pellanda, Luís Henrique
	O macaco ornamental: contos/Luís Henrique Pellanda. — Rio de Janeiro: Bertrand Brasil, 2009.
	192p.
	ISBN 978-85-286-1405-3
	1. Conto brasileiro. I. Título.
09-4337	CDD – 869.93
	CDU – 821.134.3(81)-3

Todos os direitos reservados pela:
EDITORA BERTRAND BRASIL LTDA.
Rua Argentina, 171 — 2º andar — São Cristóvão
20921-380 — Rio de Janeiro — RJ
Tel.: (0xx21) 2585-2070 — Fax: (0xx21) 2585-2087

Não é permitida a reprodução total ou parcial desta obra, por quaisquer meios, sem a prévia autorização por escrito da Editora.

Atendemos pelo Reembolso Postal.

P/ P&D

*Será que também da festa universal da morte,
da perniciosa febre que ao nosso redor
inflama o céu desta noite chuvosa,
surgirá um dia o amor?*

                        Thomas Mann, *A Montanha Mágica*

Sumário

Caldônia Beach	11
O buquê	69
O macaco ornamental	77
Ladrão de cavalos	81
Chaleira	91
Duas cartas	113
Leandra Áurea	131
Ingratidão	137
Little boat of love	141
Embaixadores de Xanadu	153
São Menécio	161
Nós, os limpos	169
Amigo vivo, amigo morto	179
Ursa	183

1

 oje

reencontrei meus caubóis. Revi meus soldados. Passei todo o batalhão em revista, após vinte e poucos anos de separação e descaso. Centenas de guerreiros soterrados numa pilha suja de papéis. Sua tumba é uma pasta grande e velha, de plástico verde. Na verdade, a pasta é um mausoléu de projetos abandonados, monumento póstumo a uma carreira medíocre, precocemente interrompida. Lá de dentro, do fundo desse poço de memórias estagnadas, resgatei cadáveres de vários tipos. Uma série de torsos nus, copiados de um mesmo modelo de gesso: um homem forte, sem cabeça e sem mãos, atorado no quadril. Estudos primários de luz e sombra, rabiscos grosseiros de carvão em busca de uma forma qualquer, um contorno reconhecível, uma alma ou um sentido. Meus incipientes ensaios abstratos, nuvens de cores e borrões que o professor, com razão, odiava e queria até queimar, e mais algumas péssimas pinturas a guache sobre papel *craft*. No meio delas, descubro o retrato do motorista do velho, esqueci como ele se chamava. Olhos azuis demais, a pele vermelha sempre irritadiça, a barba clara espetada. O hálito dele, azedo de vinho, tão ruim que, mesmo agora, parece sobrepujar o cheiro dos fungos que se instalaram nesse meu sítio arqueológico particular.

Tantos tesouros desenterrados e nenhuma descoberta valiosa ou relevante. Ou uma, pelo menos. Somente um desenho, entre todas aquelas relíquias amadoras, ainda me chama a atenção, me desperta algum prazer perdido no tempo. Feito a lápis de ponta dura, com traço firme e bem pouca arte, sem qualquer cuidado especial, sem acabamento posterior. A imagem de uma praia, desenhada de improviso numa meia hora de devaneio infantil.

A nossa praia, lembra? Aquela praia esquecida, inventada. Uma praia, e uma data congelada ao pé da folha: abril de 1983. Em cima dela, o meu nome. Tão fácil de decifrar, a caligrafia de uma criança. Minha assinatura em fase de testes.

Ano fundamental, 1983.

As nossas aulas. As lições do professor.

De todas as coisas que te falarem na vida, ele me disse, a que te parecer mais óbvia, menos reveladora, menos interessante, essa sim é a tua verdade mais íntima, mais tua.

Abril, a gente embaixo de uma jabuticabeira ainda carregada, apesar da entrada do outono. Eu tinha acabado de completar dez anos.

Depois de passar tanto tempo sem pensar nisso, como posso, agora, me lembrar de tudo tão bem?

•

Antes que me esqueça, vou responder provisoriamente a uma pergunta que você, é óbvio, já formulou.

Quem sou eu?

Um cara que, por enquanto, não te interessa — pelo menos não como indivíduo portador de uma história pessoal, um passado imutável, uma identidade definida. O que sou hoje, o que fui até agora, não quero mais ser, nunca mais. Me deixei de lado, vamos colocar as coisas desse jeito. Desisti de mim. E quero voltar a ser o que eu poderia ter sido a partir daquele nosso primeiro encontro, em abril de 1983, vinte e cinco anos atrás. Não sei se consigo, mas vou tentar. Não sei como, não sei por onde começar, mas gosto de jogos e experimentos.

Então, o que dizer primeiro, para me apresentar aos poucos, para me introduzir uma segunda vez na tua vida?

Simples: que era bom te ver todas as terças-feiras.

A pista foi boa? Sei que foi. Mas vamos esquentar a brincadeira, esclarecer algumas coisas, falar de uma influência comum a nós dois.

O professor.

•

Acho que eu tinha oito anos quando o conheci. Sentado em um banquinho baixo, no ateliê do velho, eu esperava por ele. Só que ainda não sabia que seria *ele*. Esperava por alguém, qualquer um, *um* professor, talvez uma entidade masculina menor, que correspondesse, em sua apatia triste e vulgar, às minhas belas e sempre distantes professoras do primário. À minha volta, pela sala, numa alegre meia-lua, já se espalhavam todas aquelas senhoras pintoras que acompanhariam de perto boa parte do meu desenvolvimento, minha evolução de menino para homem, por toda a meia década seguinte. Bizarras coleguinhas. Combatentes de alguma eterna revolução cosmética, cada uma na trincheira de seu cavalete, falsamente entretida com os trâmites e as regras de sua modalidade artística favorita. *Socialites* cinquentonas, sexagenárias indomáveis, de unhas de ouro e olhos sombrios, calçando botas maiores que eu. Para mim, aos oito, múmias ultraperfumadas, animadas pela vaga promessa de uma última felicidade — agora percebo — sexual e extraconjugal.

Difícil diferenciá-las umas das outras, hoje. Só de uma delas lembro bem. Eleita e reeleita vereadora da cidade, um fantasma cívico cada vez mais extravagante. Dela guardo lembranças um pouco menos confusas. Pintava aquarelas carregadas, naturezas-mortas sempre feias, o papel ferido de tanta água. Como modelo para seus trabalhos, usava as próprias joias. Ametistas, brilhantes, esmeraldas e rubis fincados em alguma peça dourada. Anéis e brincos, braceletes imensos. Toda semana, durante anos, aquela mulher nos traria uma pedra diferente à aula, para nossa devida apreciação e infinito constrangimento.

Mas, o professor.

Ele me surgiu, primeiro, como ruído, presença auditiva incômoda, impossível de se relevar. Um chiado a princípio insuportável, entrecortado pelo som de breves freadas e apitos, denunciava a chegada do velho. Ele vinha caminhando pelo corredor, escorado em tudo que fosse firme e sólido, a ponta de borracha da bengala assobiando contra a parede branca, riscada de preto.

De propósito, o baque das botas ortopédicas no taco do assoalho era vigoroso. O professor mancava com gosto. E, assim que surgia debaixo da porta larga do ateliê, posava para nós, emoldurado pelo batente de madeira velha, roído de cupins, que separava aquele cômodo amplo do resto do sobrado. Ficava ali, imóvel, numa exibição de dez, quinze segundos, o perfil de um sátiro corcunda num colete de lã. Os olhos quase fechados — um deles cego, só fiquei sabendo muito depois —, a boca espichada em um bico sensual, úmida, flor rosada em meio ao cavanhaque grisalho, uma das mãos à cintura e a outra, levemente desmunhecada, apontando para o alto a bengala barata.

As velhas emudeciam de prazer.

Ele dava, então, um urro de toureiro, ou talvez, dependendo do dia e da disposição da sua saúde, ousasse um passo de dança mais arriscado, de bailarino de flamenco ou de chula. Batia os calcanhares um no outro e atirava o boné italiano através da sala. Um ritual.

Da primeira vez que me viu, lançou o boné para mim. Eu o apanhei no susto. E ele me ordenou que prontamente o devolvesse, em suas mãos. Nosso primeiro encontro.

Pouco mais alto que eu, o professor. E eu nunca tinha visto aquilo, nada nem ninguém parecido com ele, um anão altivo. Quer dizer, na época pensei que ele fosse um anão. Eu ainda não tinha como fazer qualquer associação minimamente complexa — ou talvez já tivesse, não sei, e quem sabe ainda não tenha? —, mas somente anos depois fui perceber que o professor se parecia, sob vários aspectos, com Toulouse-Lautrec. Só que, no velho, o aleijão se invertia, não é? Suas pernas eram longas, ou quase normais, e seu tronco, curto e encurvado. Lembra? A caixa torácica do tamanho da cabeça. O professor não tinha ombros, mas carregava os braços compridos de um chimpanzé. E, na ponta do direito, paralisada por um derrame cerebral, uma garra de águia empunhava seus lápis e pincéis.

Nunca conheci alguém tão contraditório. Uma das senhoras, a vereadora, o chamava de Professor Paradoxo. Ele passava horas narrando, em detalhes cômicos, várias aventuras sexuais da sua mocidade. As mil e uma estrepolias de um pícaro aleijado, concupiscente, estranhamente carismático e — seria mesmo possível? — ainda atraente, sob a ótica de algumas de suas alunas. Eram os relatos de uma promiscuidade impensada, a marca registrada de velhos carnavais curitibanos, reminiscências de uma antiguidade paranaense selvagem, improvável, de celebrações pagãs promovidas à porta das velhas igrejinhas, ofensivos cordões de moços de família vestindo apenas fraldas frouxas, portando chupetas gigantes e ereções visíveis, todos perfilados num mesmo trenzinho de bêbados, a subir e descer apitando as ruas do Largo da Ordem, improvisando itinerários, à caça de novos tripulantes e passageiros, de qualquer gênero, credo ou estrato social.

Ao mesmo tempo, o professor, bode momesco, se dizia um cristão verdadeiro e sincero. Católico clássico, franciscano roxo. Pelo menos, essa é uma das lembranças mais fortes que me restaram dele. A de um homem de fé. Não sei se você possui recordações semelhantes. É possível que não o veja como um homem assim tão religioso. Me desculpe a curiosidade — e a ingenuidade —, mas sobre o que você e ele conversavam, afinal?

•

Uma vez, bem antes de te conhecer, ouvi o professor me chamar aos berros. Corri atender e o encontrei sozinho, no quintal aos fundos do ateliê. Pediu que o ajudasse a catar algumas jabuticabas caídas no chão.

As jabuticabas, me disse, são como as mulheres: só se consomem com algum gosto depois da queda.

Não entendi a piada, é claro — e muito menos a referência a uma possível incapacidade dele de se relacionar com qualquer mulher não "decaída". Mas já era evidente que, para o professor, a tarefa de apanhar frutas frescas de uma árvore sadia, digamos assim, era impossível ou, no mínimo, um esforço indesejável.

Enquanto eu juntava as jabuticabas do chão e as entregava ao velho, ele me observava trabalhar, os dois em silêncio. Ele chupava suas frutinhas, uma a uma, e arremessava as cascas vazias na direção da sua pequena horta de alfaces e couves. De repente, me perguntou que tipo de relação eu mantinha com Deus. Surpreendido, não consegui formular resposta alguma, inteligente ou não. Fiquei nervoso, com medo de que ele se decepcionasse com minha falta de desenvoltura ou habilidade verbal.

O professor não me perdoou o tropeço. Se irritou com meu silêncio. Me fuzilou.

Está sem ideias, guri? Pois eu te dou uma, tenho várias. Respirou profundamente. Suspirou. Olhou para o céu, penteou a barba com a garra. E me disse, então, que nós — ele, eu e todas aquelas velhas alunas dele — éramos o alimento de Deus. Nossa relação com o Criador, portanto, seria exatamente esta: a de uma roça com o seu roceiro, a relação de uma horta com o hortelão. Nosso espírito era o alimento de Deus. Nós, por exemplo, semeamos o solo e cuidamos dele para fazer brotar e vicejar, ali, o nosso alimento, o nosso sustento. O nosso feijão, a nossa papoula, as nossas batatas, laranjas e jabuticabas. Com esse mesmo propósito, Deus nos impregna a vida com a eletricidade do Seu mistério, com o sol e a chuva do Seu amor, tórrido ou torrencial, nos inocula com o desejo de nós por nós mesmos e a dor de sermos incapazes de nos satisfazer sem Ele. Nós somos a Sua comida. Nossa alma é a Sua comida e, sendo assim, ela só encontra sua transcendência ao ser, por Ele, consumida, digerida, transformada. E é por isso, me explicava o professor, que Deus se importa tanto com a pureza da nossa alma. Porque ninguém deseja comer um alimento conspurcado, sujo, podre, de má qualidade. O lixo, a lavagem, Deus reserva ao diabo.

Não acredito que ele tivesse a coragem ou o interesse de defender essas loucuras místicas na frente de outro homem adulto. Diante de uma mulher bonita, muito menos.

Você nunca deve ter ouvido ele falar essas coisas. Certeza.

Só ontem, quando fiquei sabendo da morte do professor, pela televisão, é que percebi que já se vão vinte anos daquela época. Vivi duas décadas sem procurá-lo, sem pensar seriamente nele um dia sequer. E, durante todo esse tempo, ninguém pensou no professor. Mas ele continuou frequentando as suas sessões diárias de fisioterapia. Continuou tentando pintar, dar aulas, vender seus quadros. Mas o braço não ajudou. A mão se tornou uma pedra áspera. A coluna se enrijeceu de vez. Seu trabalho sumiu. Não interessa a mais ninguém. Até suas alunas parece que morreram com ele.

Não vem ao caso, agora, te contar os maus rumos que minha vida tomou nesses últimos vinte anos. Mas digo que, quando soube da morte do professor, me senti gelado. Como há anos não me sentia. E fui em busca de algum calor no cruzamento entre a minha vida e a dele.

Por isso, naquela pasta verde, entre soldados e caubóis, dinossauros e dragões, naves espaciais e carros de corrida, achei a imagem plácida da nossa praia. E, nela, sob um sol imenso e imaginário, reencontrei você.

•

Abril de 1983. Você aparece em primeiro plano, a coluna reta, sentada sobre os ísquios, na areia fina, na base de um morro de pedra. Apoia o braço direito sobre uma rocha do teu tamanho, não mais que isso, a mão e os dedos relaxados, soltos no ar do litoral. A perna esquerda, esticada; o pé muito pequeno apontando para frente. A perna direita, dobrada; o tornozelo, escondido embaixo da coxa esquerda.

O braço esquerdo repousando no teu colo; tua mão, ali, um passarinho adormecido. Ao teu lado, não há toalha nem esteira. Nada, nenhuma bolsa. Mas você carrega um relógio de pulso — por quê? Um par de brincos simples, esféricos. O rosto sério, bonito, virado para a sua direita — para quem, para o que você estava olhando? O corpo, miúdo como os seios, mal coberto por um biquíni mínimo, sem estampa, de lacinhos nos quadris, na nuca toda exposta à vista pelo teu cabelo preto, muito curto, e que, por ser curto, me incomodava tanto. Coisa de criança. Eu torcia para que o teu cabelo crescesse vertiginosamente de uma terça para a outra. Em vinte e cinco anos, o quanto terá crescido?

O teu desenho, enfim. Só isso. O único que sobrou de toda a série. Uma folha A3, amarelada, posta na horizontal. Tua imagem ocupa quase que todo o lado esquerdo do retângulo de papel. No direito, há ainda um pedaço de praia, avistada de longe, uma curva de areia onde se acumulam algumas dezenas de guarda-sóis sem cor. Outro morro, distante, dá sombra a alguns banhistas liliputianos, de quem só se veem as cabecinhas boiando, bolas sem olhos, sem boca, sem cabelos.

O mar, calmo, é uma linha morta e fina cortando a ilustração ao meio. Um barco à vela interrompe a reta austera do horizonte. Atrás de você, a poucos metros, sobre uma pedra chata, dois homens de costas, vestindo calça e camisa, conversam e apontam para o barco. Parecem discutir algum aspecto técnico da obra em que, sem saber, estão inseridos. Mas não se interessam por você. Para eles, o barco é o centro do mundo e do desenho.

Não há pássaros, nem voando, nem pousados. De gaivotas ou urubus, nenhum sinal. Nenhuma nuvem. Imagino o céu bastante azul. Um sol muito redondo, quase perfeito, arremessa seus raios sobre tudo que existe. E é fácil perceber que, do topo quadrado do morro da direita, foi apagado posteriormente o desenho de uma grande cruz. Só restaram, ali, os sulcos do grafite no papel, o espectro de algum Cristo vigilante tornado desnecessário.

Da mesma época, encontrei algumas tiras hilariantes, rascunhos de histórias em quadrinhos, cenas sangrentas de faroeste, tiroteios em que todos os personagens envolvidos têm o queixo bipartido de Kirk Douglas. Tudo denuncia a inocência dramática do artista. Gengis Khan, de caninos à mostra, lança seu exército de mongóis contra uma aldeia incendiada. Em chamas, um barco naufraga no São Francisco, apanhado de surpresa por um dragão serpentino de olhos de fogo; a carranca na proa da embarcação já inutilizada, uma rachadura a abrir sua testa. Canhões antiaéreos pulverizam caças intergalácticos, brontossauros galopam por uma planície de onde subitamente explodem gêiseres, lulas-gigantes estrangulam Moby Dick, e um melancólico super-herói sobrevoa uma batalha naval, enternecido, já se sentindo incapaz de ajudar a humanidade, mas obrigado a intervir mais uma vez, pela milésima vez, pela última vez, pela eterna penúltima ou antepenúltima vez.

Sim, o desenho da praia foi mesmo o primeiro a revelar intenções mais sóbrias em mim. Quase reverentes, eu diria hoje, não sem achar alguma graça nos meus traços e até na importância que dou à minha própria história.

Mas o mais divertido de tudo isso, confesso, é o casto biquíni com que vesti a modelo. Pudor meu de te mostrar sem roupas? Burrice minha? Medo de que o desenho fosse descoberto por minha mãe? Não sei mais, a ideia por trás do figurino se perdeu para sempre. Verdade é que você foi a minha primeira mulher nua.

Está lembrada de mim, agora? O menino de dez anos?

Então é minha vez de perguntar: quem é você?

•

O professor me chamou. Ouvi seus gritos logo que cheguei ao ateliê. Estava me esperando já havia algum tempo, ansioso, na sua sala particular. Queria saber se minha mãe ficaria zangada caso, nas próximas semanas, eu viesse a trabalhar com uma modelo nua *de verdade*.

O que eu achava?

Eu achava que sim, que ficaria. É claro que ficaria.

Então é melhor não falar nada pra ela, ele disse, empolgado, orgulhoso de poder introduzir mais um menino ao mundo dos homens, as mesmas motivações de um pai a caminho do bordel, o caçula saltitando a tiracolo.

Você já viu uma mulher adulta sem roupa?

Nova mudez da minha parte.

Uma mulher *de verdade*? Na tua frente? Já viu?

Eu não tinha visto.

Então nenhuma mulher tirou a roupa pra você, só pra você?

Ele ria.

Não? Mas que maravilha!

Ele batia palmas.

Pois se prepare, guri. Porque o que vai acontecer aqui, hoje, é só o espetáculo de estreia. A temporada que vem por aí vai se estender, gloriosa, por toda a tua vida. Porque não existe nada mais lindo, mais necessário, mais devastador, do que uma mulher privada das suas roupas, uma menina se abrindo toda ao teu olhar, à luz natural, horas e horas imóvel, desarmada, à mercê do teu traço e da tua gula, dos dentes do nosso desejo.

Sim, eu sabia, eu já acreditava nisso sem nem saber o que isso significava.

Minutos depois, havia três senhoras conosco, no ateliê, e toda uma expectativa quanto às minhas reações. Estava muito claro àquela altura: o espetáculo da mulher nua era um presente para mim; mas o verdadeiro espetáculo, para os outros, era eu. Eu e a minha virgindade total, prestes a sofrer um golpe baixo. Eu, o menino da garganta seca, tenso, checando a ponta arredondada das botinas. E se eu chorasse ao ver a moça nua? Que tipo de emoção esperar?

Ambiente estranho esse em que cresci — ou crescemos. O sexo e a velhice combinados numa atmosfera difícil de se encontrar em qualquer outro universo igualmente decadente, habitado por pessoas de índole menos permissiva ou, quem sabe, de natureza menos comovente que a nossa. Não acha? O cheiro de aguarrás e de óleo de linhaça, das tintas secando na palheta, da cigarrilha das alunas, do cachimbo do professor. O desperdício dos perfumes caros, o suor dos modelos trêmulos no esforço de manter suas posições. Tudo aquilo se condensando em nossos pulmões. Nosso combustível. A névoa de benzina no ar, os solventes evaporados, o éter entre nós. Uma comunidade inebriada.

Você entrou de roupão branco felpudo e encardido, quase um pano de limpar pincéis. Chinelos de menina, amarelinhos, sem meias. Preparada para me encontrar, pensei, se divertia também. Todo mundo sorria, e você sorria para mim. Caminhou até o tablado no centro da sala. Bem atrás da modelo, o professor mancava alto, evoluía numa espécie de marcha marcial, simulava trombetas apocalípticas, bradando convocações à guerra dos sexos, o olho de viés para mim, seu soldado neófito, pequeno covarde entrincheirado em si mesmo.

Fique à vontade, minha flor, ele te disse, bem à vontade, enfatizou, a ponta da bengala empinada a quarenta e cinco graus, entre o chão e o teto. Nos empreste um pouco de você, por três horinhas. Depois a gente te devolve as roupas. Depois a gente te devolve ao mundo.

Sim, você já estava instruída, se despiu olhando para mim, só para mim, diretamente. Eu me escondi atrás do cavalete, meio rosto oculto na sombra, o lado direito da cara. Meu olho esquerdo continuou te olhando, hipnotizado principalmente pelos teus pelos pretos. Um animal, foi o que você me pareceu. Flor carnívora perfumada, mas sem perfume de verdade.

Uma armadilha sem mal, a mulher é isso, pensei então, na melhor terça-feira da minha vida.

Uma hecatombe sem Deus, penso agora.

Tenho certeza de que ainda se lembra de mim.

Certeza. Lembra?

2

Faz um mês e meio que o professor morreu. Quando comecei a escrever este texto — não exatamente destinado à tua leitura —, ainda não tinha a intenção real de te entregar nada. Nem o texto, nem o desenho. Agora é diferente. O que era simples redação, o que era mero exercício de memória, autoanálise indulgente, registro autocrítico, o que quer que fosse, se transforma no relato de uma busca. O relato da minha busca, ou da tua busca, como te parecer mais adequado. Mas, ao ler, não pense em mim como quem pensa num detetive de romance, prognata e beberrão. Não me veja com um caçador de recompensas ou um cão farejador. Me veja somente como um mensageiro perdido, extenuado, como o vetor de uma nova era, o gatilho de fases melhores e mais favoráveis. Quero ser o hospedeiro de novidades felizes, imprevistas. Me imagine assim. E me aguarde para breve.

•

Primeira coisa a fazer: descobrir teu nome. Não sei, nunca soube, nem naquela época. Nunca me ocorreu perguntar a ninguém, e nunca tive a coragem de perguntar a você. Para mim, você era a modelo nua. Só isso. Prescindia de um nome de batismo, de qualquer identidade ligada a um código que não fosse visual ou sensorial. Você era a própria nudez.

Por isso, para descobrir teu nome, fui visitar a viúva do professor.

Antes mesmo de entrar na casa daquela mulher, enquanto tocava a campainha, intuí que, se ela te conhecesse, deveria ter ódio de você — e eu estava certo. Desconfio que muita gente tinha.

Nem precisei descrevê-la: a viúva conhecia muito bem a mulher de quem eu estava falando. Lembrou de você, sim. Com certo enfado e uma pontinha de nojo. Me disse que você frequentava a casa deles, duas, três vezes por semana. Às vezes, até dormia lá, para desgosto dela.

Você era a modelo favorita do professor (quantas havia?). Boa modelo, mas artista medíocre, é o que todos comentavam, ela frisou. Disse também que você alegava saber disso e não se importar, confere? Que queria dar sua contribuição à arte de qualquer forma. E ser modelo não era nada desprezível. Era um trabalho a ser feito e, se fosse possível fazê-lo com alguma arte, você seria a própria Louise Brooks rediviva. Só que até hoje, brincou a velha, ela está esperando. Esperando você abrir a tua modesta caixinha de Pandora.

Gostei de saber dessa tua mistura de marra e determinação no trabalho. Mas não vou mentir: fiquei perplexo ao ouvir que você desfilava nua pela casa do professor, que transitava assim, sem roupas, do ateliê à cozinha, da cozinha à despensa, da despensa ao banheiro, fosse para buscar um copo d'água, lavar uma maçã, roubar um pão com margarina ou fazer xixi enquanto lia seus artigos acadêmicos sobre cinema e história da arte. Preciso dizer que a viúva desaprovava essa tua mania? Todos os dias, ela se queixava com o professor, e ele, aparentemente, não dava a mínima — para as reclamações da esposa, não para a nudez da modelo.

Até aí tudo bem, a viúva me garantiu. Acontece que você também exercia algum tipo mágico de influência sobre a filha pequena deles. Parece, a velha me disse, que, para a menina, você era um tipo de princesa. Você a enfeitiçava. Incentivava a criança a dançar pela casa — nua, será possível? Ensinava a ela algumas posições básicas de balé clássico. Eu não vi mal algum nisso, te garanto, mas entendo a viúva. Também já conheci o ciúme e o ressentimento.

Aliás, você sabe o que aconteceu com aquela criança? Te interessa? Virou bailarina, provavelmente por culpa tua. Hoje, mora em Nova York, bem longe da mãe solitária. Não conseguiu nada, até onde pude apurar. Nenhuma grande conquista, nenhum feito notável, nenhum bom papel, nenhum casamento, nenhum filho. Não consta que seja infeliz, no entanto.

Também me lembro dela, muito bem. Era linda, morena, de cabelos crespos. Mais ou menos a minha idade. Nunca trocamos uma palavra, mas uma vez chupamos jabuticabas juntos, como dois macaquinhos.

Por fim, como eu temia que acontecesse, a viúva do professor não lembrou do teu nome. Apenas do apelido: Cal.

Cal? Cal de Carla, de Carolina?

Cal? Branca? Corrosiva?

Para não parecer tão inútil, porém, a velha teve a gentileza de me passar o nome e o número de duas outras pessoas que, pelas contas dela, também trabalhavam no ateliê há cerca de vinte anos. Uma secretária e uma professora.

•

Com a professora, não consegui nada. Desconfiou de mim. Encerrou nossa entrevista pelo telefone mesmo. Primeiro perguntou, irritada, o que é que eu queria com você. Depois me disse que não se lembrava de ninguém, de modelo nenhuma, de aluno nenhum. Não me revelou nada além daquele tom de voz que nos faz pensar em alguém que já enfrentou uma série de rejeições. Em todo caso, desconfio que você e ela devem ter vivido alguma história comum. Não sei. Algo que, para você, foi nada, e que, para ela, se tornou qualquer coisa indigerível. Um ossário no estômago.

•

Com a secretária, foi bem diferente. A encontrei em um café, perto do Centro. Parecia louca para falar, para fornecer qualquer informação, qualquer ajuda a um homem da minha "posição". E quando digo louca, pretendo ser literal. Fazia um bom tempo que ela não "servia" alguém. Foi exatamente esse o verbo que usou, servir. Quando nos encontramos pessoalmente, a mulher me perguntou, logo de cara:

Então, em que posso servi-lo?

E já havia me perguntado isso ao telefone.

Mas a secretária também me contou que se lembrava de você, sim. Muito bem. Inclusive, sabia de algumas histórias suas com um ex-namorado. Contou que você e ela costumavam trocar confidências na recepção do ateliê, no intervalo das aulas. Mas, do teu nome, também não se lembrava. Só do apelido. Cal.

Lembrou, isso sim, que você cursava a Belas Artes. Lembrou que você fez um aborto e, incrível, ela disse, nem se abalou com o acontecido. Lembrou também do nome do teu namorado de vinte e cinco anos atrás, suposto pai do bebê abortado, músico da noite, baixista tarimbado, cheirador de cocaína. Alguém que, coincidentemente, conheci há alguns anos.

Ela disse que até gostava de você, Cal, mas que o episódio do aborto a deixou enojada. Após abortar aquela criança, me disse, você deixou de ser tão bonita. Até parecia outra coisa, qualquer coisa, não mais uma mulher.

Depois dessa lembrança, se calou. Só voltou a falar minutos depois, quando o garçom se aproximou da nossa mesa. Em um sobressalto, como se acordasse de um sonho, perguntou a ele:

Em que posso servi-lo?

•

Você sabia que ele morreu, o teu ex-namorado? Acidente de moto. Se não sabia, fica sabendo agora. Morreu faz cinco, seis anos. Culpa do morto. Quase sempre é, quando se trata de motoqueiros. Quem me contou foi a irmã dele. Uma velha colega de faculdade, com quem costumo esbarrar de vez em quando. Bonita, loura, polonesa. Gostava de mim. Era algo recíproco, confesso. Mas me desinteressei dela quando me perguntou, um dia, se eu era espiritualista. Sempre fujo da minha falta de fé.

Nem a reencontrei. Falamos pelo telefone. Melhor. Perguntei se ela conhecia uma moça chamada Cal, ex-namorada do seu irmão morto. Modelo, morena, cabelos curtos, estudante da Belas, início dos anos 80. E ela lembrou de tudo. Até do teu nome, Caldônia W.

Fiquei surpreso ao saber que você só tinha dezoito anos, na época. Nunca tinha pensado nisso. Não pareciam dezoito — pelo menos para mim, aos dez. Isso significa que, agora, você deve ter apenas quarenta e dois, quarenta e três.

Caldônia W., quarenta e dois anos, curitibana morena.

3

E-mail: pabstgw
Senha: ·······
Login

Caldônia W.

social
relacionamento: solteira
idiomas que falo: inglês, alemão, português
quem sou eu: uma centena de pássaros
etnia: caucasiana
religião: ateia
visão política: libertária ao extremo

orientação sexual: curiosa
fumo: excessivamente
bebo: excessivamente
paixões: Cézanne e o mar
cidade natal: Curitiba
país: Brasil

profissional, vazio

pessoal
par perfeito: alguém corajoso
arte no corpo: um coração de turmalina viva
o que me atrai: objetos perfurocortantes
o que não suporto: caridade e gentileza
primeiro encontro ideal: no fundo do oceano
com os relacionamentos anteriores aprendi: a perder
cinco coisas sem as quais não consigo viver: o cinema de Pabst, a arte de Cézanne, os livros de Lautréamont, a música de Pixinguinha e o teatro kabuki
no meu quarto, você encontra: muita gente

Te achei, minha ingênua. Aquela internauta era você, quarentona ainda presa aos teus eternos dezoito anos. Você. Só que ainda sem cara. A imagem no canto esquerdo superior da tela não era a tua. Era a de Louise Brooks. Nada original, lamento. E nenhum e-mail pessoal ou profissional, nenhum telefone ou endereço me dava qualquer outra pista do teu paradeiro. Nenhum *scrap*. Nenhum recado. Na seção *fotos* também não havia nada que me ajudasse a te achar. Nenhuma comunidade te listava como membro cadastrado.

Me restaria somente vasculhar os perfis dos teus pouco menos de trinta amigos se eu não lesse, no topo da página, o aviso tranquilizador: *fotos com ela 1*.

•

Encontrei a tua única imagem disponível perdida em um dos treze álbuns de fotos de uma loura aguada e de meia-idade. Selma L., a princípio, era uma mulher muito diferente de você. Mas aquela péssima fotografia mostrava as duas juntas, satisfeitas, amigas íntimas muito bem abraçadas, integradas a um grupo de doze moças de uniforme. Todas de avental azul, bem clarinho. Radiantes de simplicidade.

Em volta do teu rosto, emoldurando uma cara ainda muito jovem, um retângulo trazia a indicação inconfundível: *Caldônia*. Tua pele, teus olhos, tudo ainda era lindo, era fácil perceber tua beleza, mesmo numa foto ruim de celular. Quanto ao teu corpo, escondido debaixo daquele trapo grosseiro, não dava para arriscar qualquer previsão. Estranho era constatar que mesmo ali, entre tantas outras mulheres mais feias e menos brilhantes, a tua imagem não sobressaía — talvez não tanto quanto eu esperava que sobressaísse. Sem falar que aquilo também não combinava com a descrição afetada do teu perfil, na tua página pessoal.

Na foto, vários outros quadriláteros — *Célia, Laurita, Vera, Rosy, Rosamaria* — batizavam as outras moças. Você e as tuas colegas pareciam participar de uma festa de fim de ano, uma típica celebração de firma, ou de escolinha. Seriam professoras? Enfermeiras? Infeliz, a legenda de

Selma não dizia muito: "Olha a Jussara depois de beber licor chupando sorvete pra disfarçar o bafo!!!"

Examinei cada detalhe daquela cena. O picolé de uva de Jussara abocanhado pela metade. Ao fundo, a parede esverdeada da sala e suas várias portas brancas. Um lugar espaçoso, pelo jeito. Na mão de alguém, uma garrafa quase seca de batida de coco. Em um canto, já bastante desfalcada, uma mesa de salgadinhos em pratos pobres de papelão. Uma coxinha mordida, abandonada. Alguns últimos doces ordinários em suas forminhas de plástico rendado. Térmicas de chá e café etiquetadas, lado a lado. Uma coca aberta, chocando. No centro da foto, uma gigante chamada Sílvia simulava uma cegueira cômica, o gorro de Papai Noel afundado sobre os olhos.

Na prática, nada. Nenhuma identificação visível. Impossível também ler a logo bordada no jaleco daquelas mulheres.

Visitei, é claro, a página de cada uma delas. Uma viagem entediante. Duas horas de navegação de baixa qualidade. A ocupação confessa de quase todas não deixava dúvidas: secretária ou recepcionista. Tudo muito vago, no entanto. Só quando eu já investigava minha sétima mulher insossa, a gorda Lidiane T., é que fui deparar com um álbum de fotos bem mais esclarecedor. *Clínica* era o seu título. Ali, encontrei oito novas imagens da mesma reunião, que se revelou ser mesmo um triste amigo secreto de Natal. Não te flagrei em nenhuma das cenas, mas pude ler facilmente, no jaleco estufado pelos seios de Lidiane, o nome da empresa onde vocês trabalham: Clinicon.

A Clínica da Concepção.

Clinicon, Cátia, bom-dia.

Bom-dia, Cátia, eu gostaria de uma informação, por gentileza. Coisa simples.

Pois não, senhor.

A senhora... A senhora Caldônia W. trabalha aí?

Trabalha, sim, senhor.

É que ela comprou uma televisão de plasma aqui nas lojas Panamá, na semana passada, e deixou alguns dados pessoais pra confirmação.

Sim?

Confirmado, então?

Confirmado, senhor?

Que ela trabalha na Clinicon?

Sim, trabalha.

Como secretária, é isso?

Sim, senhor.

De algum médico em especial?

Sim, senhor. Do doutor Xerxes.

Xerxes, claro. Está aqui, já achei. Desculpe. A senhora Caldônia já tinha citado o nome dele como referência: doutor Xerxes, ginecologista.

Urologista, senhor.

Como?

O doutor Xerxes é urologista, senhor.

Urologista? Ok, vou corrigir aqui. Obrigado, Cátia. Um bom dia pra você.

Bom-dia, senhor.

4

É, parece que dei vida e forma a mais uma obsessão. Ela está à solta, na carreira. Rastreando suas irmãs mais velhas, buscando se juntar à grande manada. São criaturas que não só desobedecem ao meu comando, mas que zombam da minha autoridade. Bichos que zurram e bafejam na minha cara. Não há pastor possível para esse rebanho. Que cabresto, que coleira vai deter um animal imaginário? Pois está aí essa ninhada rebelde. Eis os meus filhotes — os nossos rebentos. Já paridos com a dentição completa. Prontos para mascar as tetas da mamãe. Tingir de sangue o próprio leite. Sim, tenho vergonha de confessar. Mas confesso. Cada pensamento meu, Caldônia, é um autômato homicida, uma fera independente. Mais um adversário atlético na prova. Alguém mais jovem que eu, o relógio correndo a seu favor. Olho para eles, os meus pensamentos, e vejo dez velocistas a competir comigo, nas raias ao meu lado. Vejo cem corredores. Mil cavalos. Um milhão de galgos. Vejo a poeira das curvas. O horizonte distorcido pelas ondas de calor que sobem ao céu, em um refluxo infinito de energia. Mas, apesar de tudo, corro. E, por mais que me esforce, nunca os alcanço. Ultrapassá-los, então, é impensável. Às vezes me canso e preciso parar. Eles continuam. Nunca se abatem. Vêm mantendo a liderança, há décadas. Já me deram muitas e muitas voltas. E quando o retardatário aqui para, esgotado, quando eu próprio interrompo minha corrida, ninguém nota. Ninguém. Porque eles me arrastam pela pista. E talvez a ideia seja essa mesmo, Caldônia. Permanecer no páreo. Mesmo depois de morto. Rebocado por minhas obsessões e paranoias. São delas a posteridade e a vanguarda.

•

Todo ano, contra a minha vontade, eu participava da colheita da uva na chácara do meu avô materno. Mais uma entre outras tantas tradições familiares. Para uma criança, não era uma ocupação das mais torturantes, admito. Bom exercício, paisagem interessante, ar livre e ambiente desimpedido. Ou seja, eu tinha grandes possibilidades de fuga.

Meus tios e meus primos se fantasiavam de roceiros. Era meio involuntário. Se emperiquitavam com acessórios caipiras, peças resgatadas de velhas festas juninas escolares. Uma turba gorda e sedentária, cada qual com seu chapéu de palha a marcar a testa — os femininos já com aquelas trancinhas grampeadas, requinte ideal para alegrar as tias.

E eram cinco dias de atividade furiosa, minha gente nobre misturada a um bando legítimo de caboclos, todos desafiando a natureza, testando os limites da morte por desidratação. Suávamos debaixo de quilômetros de videiras carregadas, do sol milagrosamente mediterrâneo, do rasante das abelhas irritadas a lamber nossos ouvidos.

O evento era uma espécie de castigo social autoimposto, uma efeméride instituída para extinguir temporariamente os efeitos da luta de classes e amenizar, por uma ou duas semanas, a culpa que massacrava a minha família desde 1950. Duas décadas antes a fortuna enfim batera à nossa porta, nos permitindo largar de vez a miséria que é o trabalho braçal forçado. É claro que a descoberta de que não precisaríamos mais quebrar pedras para sobreviver deveria ter sido recebida como uma bênção especial, um maravilhoso abrandamento da pena a que Deus nos sentenciou no Gênese. Mas meu avô não convivia bem com os próprios privilégios. Por isso convocava todo ano aquele seu exército explosivo de descendentes, prole forte, sanguínea e naturalmente muito bem disposta a punir seus filhos para preservar o humor e a saúde do seu provedor.

O objetivo declarado do nosso mutirão era outro, lógico, em nada relacionado à expiação sofrida do mal em nosso meio. Ninguém falava sobre isso, não abertamente. Acho que queríamos enganar as leis divinas, fingindo colher toneladas de uvas por puro prazer, simples arrebatamento religioso. Mas isso também não era consciente. Nossa missão oficial era encher dezenas de garrafões com um vinho tinto bastante razoável, adequado ao consumo doméstico, mas, por diversos motivos legais, mercadológicos e sanitários, impossível de se comercializar. O fato de todo aquele esforço não nos render qualquer tipo de lucro reforçava, nos meus parentes, a sensação de remissão coletiva dos nossos pecados. E, para aumentar ainda mais nosso crédito no paraíso, alguns barris de vinho também eram doados a quatro igrejas da região. Com o bom andamento das missas garantido, tenho certeza de que os padres se dispunham a liberar meu avô de qualquer outro tipo mais contundente de penitência.

Isso durou quase dez anos. No máximo. Da última vez que colhi uvas, eu tinha doze. Foi quando o velho morreu. Minha família — que soube dividir sua herança com parcimônia e justiça — aproveitou para enterrar, juntamente com o corpo do patriarca, várias relíquias que, para o defunto, possuíam alto valor sentimental. Coisas a que ele se apegara durante sua longa vida piedosa.

Em um dos bolsos do seu paletó, por exemplo, despachamos sua fixação fanática pelas tradições familiares. E, acomodado nos quatro bolsos da sua calça, foi-se todo o mal-estar que a riqueza nos provocava.

•

Fevereiro de 1981, acho. Manhã do terceiro dia de colheita.

Fugi.

Em vez de ajudar minha família, eu me dedicava à catalogação clandestina das muitas espécies de aranhas que habitavam as videiras do meu avô. Em um pote de maionese, já agonizavam três dúzias de aracnídeos, uma maçaroca feroz de pernas, cores e pelos. Com o capim crescido me dando total cobertura, eu avançava livre pelo pasto sem vacas, a trote solto, o bolsinho do calção transformado em minicampo de guerra, palco de um ciclo frenético de assassinatos seriais.

Minha meta era alcançar, antes que notassem minha ausência, o depósito onde estavam empilhadas as caixas de uvas colhidas nos dois primeiros dias de trabalho. Lá, eu supunha, uma multidão de criaturas misteriosas, ainda não identificadas, aguardava entre as frutas a chegada do seu descobridor. Eu sabia que ninguém cataria uvas por ali, nas parreiras que cercavam o paiol, pelo menos até a hora do almoço, quando as caseiras iniciariam o serviço de pisotear os grãos no tonel, se escorando em um círculo festivo, dançando ao som dos vanerões radiofônicos. Portanto, minha única oportunidade de desbravar a área sem ser descoberto era aquela. Me sobravam duas horas para empreender minha expedição científica.

No depósito, parecia mesmo não haver ninguém. Apenas as uvas e sua tripulação de pequenos monstrengos, um universo quieto, abafado e sombrio, estranhamente estacionado em sua translação ao redor do imenso tonel central. Nenhum movimento visível a mais de um palmo da vista. Um raio de sol pingava de uma telha rachada. O zumbido sufocado de um coral moderno, a música das asas presas, um tropel de bilhões de patas em marcha constante, tudo subia das profundezas das frutas em lenta fermentação, amplificado pela minha expectativa, meu silêncio de observador cuidadoso.

Só que às vezes, Caldônia, não é necessário ver, farejar ou ouvir alguma coisa para saber que alguém está por perto. Talvez você finalmente perceba isso, agora, enquanto lê o que escrevo.

Assim, logo notei que não estava sozinho no paiol. Meu silêncio não era o único ali dentro. Havia outro, ainda maior que o meu. Como investigador experiente, não corri das minhas obrigações. Pelo contrário. A curiosidade insensata dos sete anos me fez espiar por uma fenda estreita entre as pilhas de caixas.

E foi atrás delas que descobri a moça. Escondida. Tinha, não sei, quinze anos. Descalça, pés muito limpos, sem dúvida recém-saídos de um banho. Os cabelos escuros e quase curtos, presos por um elástico de meia. Somente um vestido de algodão sobre o corpo, alças caídas abaixo dos ombros, os peitinhos ameaçando escapar dali, afiados, dois dentes de cobra miúda sob o pano, duas promessas de ataque, de asfixia por envenenamento. Sentada no assoalho de tábuas, as costas na parede, a menina abria e fechava com força as pernas claras, espasmodicamente, a mão delicada presa na mordedura veloz das coxas, abre e fecha, abre e fecha, um vaivém pendular, maluco, de vez em quando a ilusão de um leque vermelho a brilhar no esmalte das unhas bem aparadas. Cabecinha para trás, pescoço fino, de veias aparentes. As pálpebras apertadas de ansiedade, forçando o olhar a mirar o escuro dentro delas, a encarar as criações fantásticas da adolescência.

De que cor são os seus olhos?, foi a primeira coisa que pensei.

Ela os abriu e olhou para mim. Olhos negros.

Oi, ela disse.

Para minha surpresa, não fugi.

Oi.

Faz tempo que você está aí?

Não, eu falei.

Não?

Não, faz bem pouco tempo.

O que você viu?

Nada.

Nada como? O que você viu?

Não sei.

Vem cá, ela mandou, bem tranquila, sem aparentar contrariedade ou braveza. Vem cá.

Fui. Contornei as caixas, arrastando os pés. Cheguei bem perto dela, a ponto de confirmar a impressão de que havia tomado um banho recente. Cheiro de sabão de coco.

O que é isso aí na tua mão?

Era o potinho de maionese. Minhas aranhas enlouquecidas. Me senti um pirralho. Nunca havia me sentido daquele jeito. Eu queria ser homem. Ser ou parecer homem. Mas carregava comigo uma prisão portátil de bichinhos peçonhentos, troféus infantis de caça.

Nada, respondi.

E ela riu.

Aranhas?

Fiquei quieto. Porque, se eram aranhas mesmo, como e por que eu deveria negar ou confirmar isso?

O que é que você estava fazendo aqui, piá?

Fingia estar um pouco zangada. Vi que era de brincadeira.

Veio me espiar, é? Me seguiu até aqui?

Não.

Veio caçar aranhas pro teu potinho, piá?

Apertei o vidro na mão. Queria desintegrá-lo.

E você, revidei, o que é que veio fazer aqui?

Ué, eu vim pisar nas uvas. Até lavei o pé, olha.

E me esticou o pé perfumado, uma flecha no meu peito.

Olhei para ele, assim, suspenso no ar, o pé e eu, os dois suspensos, a ponta dele esticada como a das bailarinas, os dedos dobrados e bonitos, a panturrilha retesada, a corda de um arco mortal.

Mas não era isso que você estava fazendo, arrisquei Você não estava pisando nas uvas.

Não, não estava mesmo.
E então?
Ela fez uma careta de criança malandra.
Eu estava brincando, ué. Que nem você.
Fiquei bem quietinho. Não queria perguntar mais nada. Não queria parecer tão bobo.
E então, ela me intimou, quer brincar comigo?
Sempre fui medroso, demorei para reagir.
Brincar do quê?
Pegue um cacho de uva. Dali.
Apontou uma caixa.
Pegue o mais bonito, o mais cheio.
Apanhei um enorme, os grãos se espremendo uns contra os outros, deformados.
Traga ele pra mim.
Levei as uvas até ela. Ela segurou o meu punho.
E solte esse potinho, piá. Pinche isso no chão. Lá longe.
Me agachei e rodei o potinho para um canto.
Agora, sim. Quer que eu te diga o que você vai ser?
O quê?
Um imperador romano. E eu, a tua escrava. Pode ser?
Pode.
Então você é o meu imperador.
E o que é que eu faço?
Deita no meu colo. Eu ponho as uvas bem na tua boquinha. Já viu? Que nem fazem na televisão.
Eu deito no teu colo?
É, põe tua cabeça aqui.
Deitei. As pernas duras, os joelhos unidos. Sem respirar. Na minha nuca, a umidade e o calor do vestido dela. Seu

coração batendo no ventre duro, o algodão roçando minha orelha, ritmado.

A moça ergueu as frutas sobre meu rosto, dramaticamente, abaixou o cacho em direção ao rasgo da minha boca, uma abertura relutante, pouco expansiva, o braço dela descendo devagar, grua firme e implacável.

Quando abocanhei a primeira uva, nós dois rimos, meio imbecilizados. E, a cada grão engolido, ríamos mais. Até que, com os dedos em pinça, ela arrancou uma uva do cacho e a fez escorregar sobre a minha língua. Ficamos um pouco mais sérios. A moça sorrindo, calada. Eu mudo, em pânico. Repetimos aquilo algumas vezes. Ela enfiava os dedos cada vez mais fundo no covil da minha garganta. Acariciando a mucosa das minhas bochechas, minhas gengivas e molares, os últimos dentes de leite, o freio curto da língua. Moça atentada. Me arrepiando a coluna a partir da fricção de um polegar áspero no meu palato. Curtindo uma dorzinha na ponta de um canino.

Chupe os meus dedos, ordenou de repente.

Considerei toda aquela situação. Eu, criança de sete anos. Quase oito. Envolvida numa brincadeira nova e estranha. No colo de uma menina esquisita. Seus dedos cheirosos e coloridos. O suor quente da sua barriga. O aroma de coco que vinha dos pés dela. Sim, para que sentir medo naquela hora? Algo me dava a certeza de que, para me tornar homem, a coisa certa a fazer seria chupar todos aqueles dedos pintados de vermelho, dez pitangas maduras, chupar e sentir que gosto se escondia debaixo de cada uma de suas unhas esmaltadas, terra e sangue, suco de frutas e poeira, açúcar, saliva e urina, tudo, tudo, tudo ou nada.

Chupa, vai.

Chupei. E babei nos dedos dela, que voltou a fechar os olhos e contorcer as coxas sob a minha nuca molhada, minha cabeça também de olhos fechados, meu pescoço também se contorcendo, minhas pernas ainda mais rígidas, tudo que era meu cada vez mais rígido, o calcanhar das minhas botinas macetando o assoalho, coices e corcoveios, o corpo, o crânio, os membros, eu — uma estrela pulverizada.

Eu não sabia, mas, àquela altura, todas as minhas aranhas já tinham morrido. E quando me lembrei delas, cinco minutos mais tarde, aquele micromassacre já não me parecia tão comovente ou importante. Com os lábios inchados, saí do depósito, o ar do futuro nos pulmões, e arremessei o vidrinho sem vida contra o calor das touceiras secas.

•

E o que você tem com isso, Caldônia? A princípio, nada. Nunca teve. Fora o fato de que aquela menina era você. Passou a ser, de algumas semanas para cá. É o teu rosto projetado sobre o dela. O teu corpo cobrindo o dela, um *collant* de estampas exóticas. É assim que tenho revivido todas as minhas experiências de criança: através de um filtro embebido na tua essência, ou no que julgo ser a tua essência.

Por exemplo, a mulher que me abordou no ônibus, quando eu tinha onze anos. Também era você, já sei. Eu lia uma revista semanal, aberta na página de um anúncio de cinema. Um filme qualquer, ruim. No cartaz, um casal se abraçava sem roupas, apenas um lençol para os dois torsos, o homem por trás, ruivo e rosado, um bigode de fogo. Sua amante parecia lutar consigo mesma. Se mordia nos lábios. Morena, cabelo escorrido, as sobrancelhas perturbadas dos que pensam em Deus nas piores horas.

Você, sentada ao meu lado, espiava a revista. Aproveitou para puxar papo. Perguntou se eu sabia o que aqueles marotos na foto estavam fazendo. Eu sabia, é claro; só não sabia como responder. Mas você se prontificou a me esclarecer as dúvidas, a me ensinar mais sobre o assunto. Quis saber onde eu descia. Eu falei que saltava no ponto final. Você, dois pontos antes. Me convidou para acompanhá-la até em casa. Tomar com você um café com leite. E eu topei, meio surpreso.

Caminhamos três quadras bairro adentro, por uma rua de barro seco. A cachorrada latindo à nossa passagem. Minha pastinha do colégio a tiracolo, um ioiô luminoso no bolso externo. Você me perguntando se eu era um bom aluno, e eu, meio louco, já dizendo que era bom em tudo. Confiante como um santo. Um mártir à espera da sua coroa de dores.

Paramos diante de um barraco pobre, o portão de ferro guardado por três guapecas sujos, estridentes.

Chegamos, você declarou, apanhando da bolsa um chaveiro lilás e amarelo, penas de galinha tingidas.

Uma menininha polaca nos sondava da janela, parte do vidro quebrado substituída por um papelão, proteção contra o vento frio de julho. Na boca do nenê, uma chupeta saltitante.

Você me garantiu que os cães não mordiam. Que não tinham pulgas. Que a casa era bem limpa e que tinha um pacote de bolachas recheadas para mim. Que a criança era filha da tua irmã cega. Que a tua irmã cega estava morta fazia um ano. Que a área estava liberada.

Não duvidei de nada. Sim, acreditei em você, em tudo que você falou. Mas, mesmo assim, te deixei ali plantada, uma puta sem sorte e sem juízo, senhora de todas as carências, de corrente e cadeado na mão. Corri pela rua, de volta à canaleta do expresso. Atrás de mim, só a tua fúria cigana, o teu canto de decepção, teus gritos de bicha, bichinha doida, você me paga. Não lembra? É claro que não. E como poderia? Se tivéssemos ido em frente, não teria significado nada para você. Aliás, para você, nada tem significados.

Comigo é diferente. Para mim, tudo são símbolos, prenúncios, presságios, documentos, memórias futuras. Eu lembro de tudo. De todas as mulheres em que eu, de alguma forma, te encontrei. A moça do paiol, a passageira tarada, a modelo insinuante. A faxineira cantora.

Eu estava na terceira série, a bexiga estourando na aula de português. Gramática segundo Monteiro Lobato. Trançando as canelas, o indicador levantado, pedi licença à professora.

Xixi urgente, avisei.

Autorizado, percorri às pressas o deserto de corredores e escadarias do colégio, o eco das sandálias de couro anunciando minha aflição. O medo de cruzar com os freis.

Quando entrei no banheiro, você cantarolava onomatopeias sussurradas. Lembra? Esfregava o chão bem em frente à extensa fileira de mijadores já areados. Parou o serviço e me encarou, encantada, a face comprimida contra o cabo do esfregão, aquele sorriso condescendente de quem vê uma criança sem graça. Lembro do teu desodorante barato, do futum de água sanitária que exalava de você e do teu balde azul. Tudo muito fedido, enjoativo, mas, naquela hora, o teu cheiro me pareceu gostoso.

Com vergonha, me tranquei em um dos reservados. Lá de dentro, ouvia o som ameaçador do teu esfregão se aproximando. A água com sabão por baixo da porta, invadindo o meu espaço, ilhando meus pés. Lá fora, tua voz gemia numa cantiga mágica, capaz de umedecer os azulejos. Eu tentava mijar, mas do meu pinto, é claro, não escapava uma gota sequer. Estava seco.

Você parou de cantar e bateu na porta. Perguntou o que é que eu estava fazendo ali para demorar tanto. Se eu era um menino sapequinha. O que é que eu tinha na mão. Se podia ver o que era.

Por favor, mostra pra tia, você pediu.

Abre pra tia ver.

Abre, abre.

Por favor, abre.

Nunca. Fiquei ali, me fazendo de morto, imóvel, uma estatueta com o pinto de fora, doído de tão duro. Melhor não fazer nada, nenhum movimento, permanecer trancado no meu banheirinho íntimo, aguardar o tempo que fosse necessário.

Eu só escutava a tua pança roncando de avidez, os teus miados de súplica. Tuas garras lascando o compensado. Paciência, eu me dizia. Pensei até em rezar, para controlar meus nervos, pedir coragem a Deus, a macheza que me tomou um dia no depósito de uvas, mas — rezar, segurando o pau? Me sentia ridículo. E você desistiria logo, eu sabia. Uma onça braba vencida pela fome e pelo cansaço. Teu emprego, mais substancioso que tua presa.

Quieto, esperei vinte minutos, acho. Claro que você já estava longe dali, varrendo tampinhas de refrigerante, desgrudando chicletes do asfalto do pátio, de olho na bunda dos meninos do handebol. Mas como estar certo da minha segurança? Só abri a porta quando a professora veio me resgatar. Aquela, sim, uma senhora atenciosa, confiável. Apesar de linda e distante, me fez lavar as mãos sem largar minhas orelhas, prendendo meus flancos entre os joelhos fortes de nadadora.

Mas o que é que você tem com isso, não é mesmo, Caldônia?

5

Consultório médico, Caldônia, boa-tarde.

Enfim, a tua voz. Fiquei feliz ao constatar que você se preocupa com a temperatura do teu timbre ao telefone. Deve ter um bom ouvido, o que é um ótimo sinal. A vaidade ainda intacta, apesar da provável solidão aos quarenta e poucos anos. A garganta saudável.

Aliás, adoro a fala das mulheres. Inaceitáveis as que não falam, as muito quietas, que fazem da boca o tampão de um poço de vinagre, o mal conservado lá no fundo, numa compota azeda. Que se abram, todas, que soem. Uma mulher calada deixa de ser mulher, Caldônia. Abdica de sua condição fundamental. Vira qualquer outro bicho fabuloso, uma quimera decepada. Uma sereia muda não passa de um peixe ornamental. E a mulher é um instrumento musical encantatório, que vibra à passagem de qualquer brisa, lançando na atmosfera as suas notas perfumadas. Dós de lavanda, mis de coriandro, lás de manjericão. Acordes menores de calêndula e camomila.

Boa-tarde, gostaria de marcar uma consulta com o doutor Xerxes.

A fila de espera era grande, você me alertou. No mínimo dois meses. Eu tentei te comover. Disse que era uma emergência. Bem treinada, você me mandou procurar um pronto-socorro. Corrigi, acrescentando um sorriso à minha inflexão de mentira: não era bem uma emergência, você entendeu errado. Era, na verdade, um problema que vinha me incomodando muito, me angustiando. Algo que tinha que ser visto logo, mas que não necessitava de atendimento imediato, que nunca justificaria uma ida ao pronto-socorro, onde se deve, claro, priorizar os casos mais graves. Também te expliquei que eu era conhecido de um paciente já antigo do doutor Xerxes, que me recomendara visitá-lo. Um velho advogado que teria sido salvo por ele, anos antes, após se submeter a uma cirurgia tão delicada quanto vexatória. Dei, sim, ao paciente fictício um nome falso: doutor Urano, lembra?

Te peço desculpas por todas essas mentiras. Mas sei que você vai me perdoar — se é que chegou a se importar com isso.

De um modo geral, você foi legal comigo. Era exatamente o que eu esperava de você. Me arranjou um horário para a semana seguinte; na verdade, para onze dias depois. Foi muito simpática e profissional. E, se houvesse algum cancelamento até lá, você me avisou, me garantia um encaixe. Até anotou meu telefone.

Só não me ligou.

•

Eu fiz a minha parte. Compareci ao consultório no dia marcado, quinze minutos antes da hora. E não te encontrei.

No teu lugar, outra moça, mesmerizada, mirava a tela do computador com olhos maquiados de robô. Eu já a tinha visto antes, não lembrava onde. Me aproximei da sua mesa já sacando o cartão do plano de saúde.

O crachá da secretária me deu a pista: JUSSARA. Sim, a bêbada do picolé de uva.

Boa-tarde, tenho um horário com o doutor Xerxes.

Consulta?

Isso.

Já é paciente?

Não.

O cartãozinho, por favor?

Entreguei a ela.

E a identidade?

Eu estava desapontado, abatido. Mas disfarcei. Enquanto Jussara preenchia a minha ficha, decidi que não perderia a viagem.

Eu marquei hora com uma outra moça, sabe?

Ela me olhou sem entender, a superfície dos grandes globos oculares se movendo lentamente, numa rotação triste, planetas opacos, os cílios granulados de rímel turquesa.

Ela tinha um nome diferente, comentei, simpático e casual. Um nome diferente, nunca tinha ouvido antes.

Caldônia?

Isso mesmo, concordei, estalando os dedos. Caldônia.

Esperei que Jussara desse continuidade à conversa. Mas nada aconteceu. A moça voltou a digitar os meus dados no computador. Continuei tentando.

Ela trabalha pela manhã, é?

Jussara empurrou a cadeira giratória para trás, levantando os pés enquanto deslizava em direção à impressora. Não me respondeu. Ficou olhando para a máquina; e eu, sem saber se ela tinha me ouvido.

Jussara, chamei.

Só um minuto, senhor.

A impressora gemeu como uma lavadora de roupas. Em dez segundos, estava pronta a minha guia de consulta.

O senhor assine aqui, por favor.

Ela me estendeu uma caneta preta. Eu me debrucei sobre a mesinha.

A Caldônia está de férias, avisou, numa entonação lesada. Saiu no começo dessa semana. Só volta no mês que vem, a rabuda.

•

Na tevê da sala de espera, um filme chinês americanizado, sem som. A trama misturava ação e comédia, kung-fu e romance. Uma das cenas, mesmo muda, era bem fácil de compreender.

Um homem baixo, forte e de meia-idade pilota uma lancha de última geração, sua franja de tigela entregue à ventania de Hong Kong. Ao mesmo tempo, ele se entretém conversando com uma bela oriental dourada. O cara, de uniforme branco, impecável; ela, uma psicopata num maiô preto. A mulher é a vilã da história, é evidente; o homem, o herói ingênuo, o honesto trapalhão. Vingador puro, um estereótipo vivo e com sede prestes a ser intoxicado pelo mais batido dos clichês: aquele famoso coquetel cujos ingredientes principais são a crença no amor cortês, o excesso de boa vontade e um cálice fumegante de láudano.

Pois a mulher é má, Caldônia. Imagine, ela é linda. Tem duas covas de sarcasmo nas bochechas. Toma sol na proa do barco, o Ray-Ban em seu rosto a espelhar o céu de onde caiu. Costas no convés, pernas abertas e lustrosas de bronzeador, joelhos flexionados. Uma boneca caramelizada. Braços em cruz, as palmas para cima. Não olha para o mocinho. Mas sabe que ele não tira os olhos das listras de tigre tatuadas na sua lombar. Não, ele não se cansa de olhar para elas, a ponto de se atrapalhar com o timão e provocar o naufrágio de um turista gordo num caiaque.

É a deixa para o público rir. Rir do herói e de toda a fé contida na ideia do heroísmo. Rir do seu coração fracassado. Da impossibilidade de se amar e suportar uma mulher mais forte, esperta e independente do que o próprio herói. Rir da loucura que é enfrentar bandidos e autoridades corruptas em nome desse amor. E da glória de se posicionar, tão mortal quanto você e eu, entre a amada e a bala de uma automática.

Tudo isso o herói faz, sem hesitações. E para quê? Para, no final do filme, descobrir o que todo mundo já sabia, inclusive ele mesmo: que a mulher é má. É sempre má. Isso está mais do que provado, veja. Está na ausência de motivos florais no seu maiô, no código implícito na sua tatuagem de predadora. Está na cara dela, naquelas bochechas escavadas de sarcasmo, nos seus pelos descoloridos, na sua depilação perfeita. A mulher é má, e todo mundo sabe disso. É uma unanimidade cultural, a última ponte a unir Oriente e Ocidente. Se isso não fosse certo, onde estaria a graça? Toda piada requer do público algum conhecimento prévio. Uma pitada de sabedoria ancestral, sei lá, alguma leitura de Agostinho, Tertuliano e Schopenhauer, ou de gibis do Pato Donald, ou do Popeye, ou simplesmente uma inteligência muito bem empalhada, para que pareça viva.

Por isso, afundado numa poltrona de couro falso, o velho vesgo à minha frente riu com sinceridade. Riu do afogamento do gordo e de nossa sina de patetas.

Foda, ele berrou. Esse chinês é foda!

Buscou languidamente a minha aprovação, a vista turva, perdida nos arabescos do papel de parede atrás de mim. Como preferi não me posicionar, apenas sorri — o que, em geral, ou confunde ou tranquiliza os conversadores chatos. Para meu azar, minha reação o deixou confuso.

É a próstata, declarou. Acertei?

Devia ter uns setenta anos, acentuados pela tintura achocolatada da sua cabeleira rala, do seu bigode comprido. Muito magro, com certeza doente. Amarelo no rosto, roxo nas têmporas, inchado na barriga. O estrabismo decorrente de um resto de anestesia, o velho tentava despertar de algum procedimento cirúrgico. Ainda buscava firmar a cabeça.

Acertou o quê?

É a próstata ou não é?

Pedi perdão por não estar acompanhando seu raciocínio.

Perguntei se o teu problema é a próstata, repetiu.

Ah, não. Não é.

Não?

Não. É rotina.

Ah, claro. Você ainda é muito jovem, percebeu.

Senti que minha juventude o magoara. Fechou os olhos ao conter dois arrotos. Entortou a boca.

Pois vou te falar uma coisa, esbravejou o velho, de repente.

Alertada pelo volume da voz do homem, Jussara surgiu na porta da sala, sem que ele notasse a sua chegada.

Presta atenção, guri.

O vesgo cabeceava o ar.

Anota isso, cara: "Não tem complicação nenhuma."

E tornou a recitar, o queixo fincado no peito: "Não tem complicação nenhuma."

Certo, concordei.

Anotou, porra? Cadê o caderno?

Eu não tenho.

Não tem caderno?

Não.

Tudo bem, suspirou. O importante não é isso. O importante é saber das coisas. Saber e saber e saber. Não complicar nada. Porque não tem complicação. É tudo simples. É tudo saúde. Não tem muito segredo.

Claro.

Claro é o caralho, urrou. Não tem segredo nenhum!

Não, não tem.

Meu Deus, será possível que você não esteja me entendendo?

Não, não, eu estou entendendo o senhor.

O velho apontou para a tevê, rindo.

Me diga uma coisa. Olhe pro filho da puta desse chinês e me diga: a gente o que é? A gente o que é?

É claro que ele já tinha a sua resposta pronta. Esperei por ela. Ele tossiu feio, se preparando para enunciá-la. Se levantou da poltrona, o rei do catarro. A secretária, temendo uma queda e um processo subsequente, achou melhor ajudá-lo. Ele a afastou de pronto, batendo os cotovelos de forma agressiva, os estertores de um galo possesso, depenado em vida.

A gente é um fragmento, cacarejou. Um fragmentozinho de nada num pote de plástico vedado. Está percebendo?

Estou.

Numa hora, a gente está ali, olha.

Indicou a televisão mais uma vez.

No comando de uma lancha fodida, entendeu? E na outra...

Interrompeu-se. Avançou pela sala, tropeçando nos móveis, no revisteiro. O cenho carregado, preso a uma máscara teatral, uma mímica de especialista.

Um pote de plástico vedado, está vendo?

Na palma da mão direita, o objeto invisível.

Está vendo?

Perfeitamente, assenti.

Imortal! Plástico imortal!

Sim.

Toca pro laboratório, ordenou, com veemência, mancando ao redor da mesa de vidro.

Jussara agarrou a manga da sua camisa. Depois o colarinho, feito rédea. O velho parou, meio enforcado.

Toca pro laboratório! Não tem complicação, não tem complicação nenhuma. Não tem! E no entanto...

Se desvencilhou da moça, irritado, e desabou de volta na poltrona. Era, de novo, só um idoso largado, exausto, um fiapo de alma a aquecer o couro sintético.

E, no entanto, é um pedaço da nossa vida. Entendeu?

Um pouco menos vesgo que antes, já parecia pacificado. Como se o diabo houvesse se evaporado junto com a anestesia.

E a gente, cara? A gente vive tanto pra quê?

No filme, o chinês já vestia um fraque. Lutava contra um bando de ninjas num terraço elegante, uma coreografia de pescoços partidos, de seres humanos arremessados do trigésimo andar. Lá embaixo, seus cadáveres eram recepcionados pelo neon inesgotável dos cassinos.

Eu te fiz uma pergunta, guri, resmungou o velho. Quero que me responda. Eu preciso de respostas.

Parou de cabecear, na esperança de um esclarecimento.

A gente vive tanto pra quê?

Não sei, respondi. Ainda não vivi tanto assim.

Foi quando o doutor Xerxes baixou na sala, luminoso e severo como um orixá, e encerrou o caso. Checando uma prancheta, declamou meu nome e me resgatou dali. No seu consultório gelado, submeteu meu pênis a um exame manual violento e temerário, que me rendeu três dias de dores agudas e pequenas preocupações. Uma lupa de ouro no olho direito, duas luvas de borracha mal disfarçando as mãos peludas, um brinco de brilhantes na orelha esquerda. Poucas perguntas. Puxa, estica, arregaça e pronto.

Feito, disse o doutor Xerxes.

Na falta de queixas reais, solicitei um espermograma básico e fui embora.

6

Não sei por quê, lembrei de uma história que o professor me contou.

Numa daquelas suas notórias expedições em busca de paisagens para pintar, ele se meteu na zona rural de um município da região metropolitana — não me recordo agora qual era. Talvez você já conheça o caso, ou a cidade. Não sei. Mas o professor me disse que rodou por lá dois ou três dias direto. Só ele e o motorista. Procurando o panorama ideal. Ou algo que se aproximasse disso.

De uma curva de estrada, num fim de tarde, avistaram um campo lindo, cercado por uma floresta espessa, um paredão verde e escuro, impenetrável ao olhar. Pasto crescido, sem bois, sem cavalos. Árvores aparentemente úmidas à sua margem. No meio do cenário, um morro alto, distante; e, no topo do morro, a silhueta de uma gigantesca araucária, solitária e silenciosa, contra o borrão azulado das serras ao fundo.

O professor se apaixonou pela cena. Sem demora, procurou o dono do terreno, a fim de que lhe autorizasse a entrada e a permanência naquelas paragens, com automóvel e tudo. Queria estar ali com calma e conforto, investigar melhor aquela luminosidade, acompanhar, da madrugada ao anoitecer, todas as suas mudanças de luz, trabalhar no local quase acampado, uma semana a fio, talvez produzir meia dúzia de estudos e telas. Sem o incômodo das interrupções inesperadas, das invasões de colonos enxeridos, da intromissão de moleques pidões. O proprietário permitiu a sua estada, é claro, quase que sem refletir. Inocente, pediu um quadro como pagamento.

Dias depois, tudo preparado, era só começar o serviço. Como de costume, o motorista montou o cavalete para o professor exatamente no ponto designado pelo velho. Armou uma mesinha para ele, ao lado da primeira tela em branco já pronta para o uso, depositou nela todos os materiais de que o artista lançaria mão nas horas seguintes, tintas, pincéis, solventes, panos sujos, água mineral, e foi dormir no carro, indiferente à luz mágica que o outro jurava incidir sobre aquele lugar.

A sessão, no entanto, não durou mais que cinco minutos. Ao espremer um tubo laranja contra a paleta, o professor ouviu um estalo monstruoso. Ergueu os olhos para o campo, para o morro e viu desabar, do nada, sem aviso algum, a imensa araucária. O barulho daquela queda fez voarem centenas de pássaros da floresta vizinha, de todos os tamanhos e cores. Um escândalo de bugios ecoou o acidente. E os galhos quebrados do pinheiro saltaram no ar, as pinhas e as grimpas secas, alvoroçadas, numa anarquia de piruetas e elipses.

Em segundos, tudo estava quieto novamente. O evento se encerrara. Mas, uma vez derrubada aquela árvore secular, a paisagem era outra. Perdera o sentido. Para o professor, nada mais havia ali para ser pintado.

Vim até aqui pra ver isso, ele pensou. A queda dessa árvore. Só pra isso.

Eu e ele debaixo da nossa jabuticabeira. Final de 1983, acho.

E é pra isso que estamos aqui, guri. Só pra isso.

Não entendi direito o que ele quis dizer. Nunca entendia.

Pra quê, professor?

Pra testemunhar desmoronamentos, exclamou. Execuções espetaculares. O desabamento das coisas. Quando aquela araucária caiu, eu percebi como é banal, como é corriqueiro o fim de tudo. Percebi o óbvio: que tudo se acaba dramaticamente, sim, tudo sempre se esgota numa exibição pública de exageros, de canastrices. É a natureza uivando na nossa cara, um cerimonial de micos nos aguardando na porta do céu. Mas o verdadeiro mistério, guri, o charme da vida, está na sua origem.

Fincou a bengala no chão, por entre as raízes da jabuticabeira.

Quem é que flagra, me diga, o momento exato em que o pinhão brota, escondidinho, debaixo da terra?

Lembrei disso tudo quando entrei na sala de coleta. Pensava nisso ao me despir. Dobrei minhas roupas e as coloquei sobre a poltrona de courino. Preferi me manter em pé, só de meias e sapatos. Não confio no assoalho claro das clínicas.

Na pia, o coletor universal estéril, já destampado. Óxido de etileno. No balde de lixo, a palavra INFECTANTE, lembrete pouco encorajador. Pela janela, persianas abaixadas, uma conversa raivosa sobre futebol subia do estacionamento. Alguém comemorava a morte de um cartola, o fim de uma carreira folclórica de crimes. Da recepção, uma sequência aguda de plins anunciava o correr das senhas, o entra-e-sai de pacientes, a clientela desgraçada dos convênios. Tudo mixado à fala automática das atendentes, à sinfonia pop dos celulares, à biônica batucada das impressoras.

E eu, nu e ereto, em frente a um espelho de cantos corroídos. Entrei, enfim, no ritmo do mundo. Desisti de atravessá-lo. É só uma jiga de marionetes eletrônicos, Caldônia. Uma ciranda de avatares mal programada, obsoleta, perdida num *loop* de milênios. Agucei os ouvidos, deixei a música me dominar, fechei os olhos e me masturbei pensando em você se erguendo do mar, os pés no abismo, o peito ao sol.

Férias.

7

E agora você e eu.

A recepcionista volta ao trabalho, emburrada; o paciente volta ao consultório, espermograma em mãos. Vinte e cinco anos depois, é esse o nosso reencontro.

Foi difícil te encarar, confesso. Você notou? Eu, envergonhado de novo, como quando te retratava no ateliê do professor, protegido pela sombra do meu cavaletinho. Medo de ser reconhecido, como se você pudesse fazer isso hoje, me identificar, me culpar por algum atentado contra o direito feminino à alegria e ao prazer constantes, como se me conhecesse intimamente, me recriminasse por ter desperdiçado tantas chances de levar uma existência mais romântica que esta, me acusasse por não ter aparecido antes na tua vida de assalariada, eu cavaleiro relapso, eu artista abstêmio, eu espírito acorrentado, eu homem de lata, o herói que não te arrancou detrás desse balcão miserável de fórmica verde-água, que não te arrastou pelos corredores dessa clínica asséptica, que não te carregou nos ombros até aquela instalação labiríntica e incompreensível com que você vem sonhando há décadas, uma imensa caverna de carne rija, um coração oco e abafado de paredes tubulares suadas, caminhos misteriosos, piscinas de tinta bordô e azul, estalagtites umedecidas, nosso sangue a inundar ventrículos de pedra viva. Difícil te encarar.

Quando cheguei, não precisei te entregar nada. Nem meu cartão, nem minha identidade.

Reconsulta?

Só te disse meu nome. E você não pareceu se interessar. Ele não significa nada para você. Nem sou alguém reconhecível, na verdade; ninguém que valha ter seu nome decorado. Por isso, mal me vislumbrou, você apenas conferiu meu horário na agenda e me mandou esperar na salinha.

Esperei.

Sentado no sofá, a tevê felizmente desligada, eu pensava no teu uniforme azul, fascinante, um ultraje ao teu corpo.

Decidido, me levantei e voltei ao teu balcão.

Você não é a Caldônia?

Era sim, você confirmou. A Caldônia. E, à espera de alguma explicação plausível de minha parte, me encarou sem demonstrar qualquer ansiedade. Um rosto talhado na rocha, a maquiagem relaxada. O batom claro se desviava da curva dos lábios. O nariz reto, levemente oleoso. Sobrancelhas por fazer, tingidas com o mesmo preto dos cabelos.

Eu disse que tinha conversado com você por telefone, algumas semanas antes. Você não estaria lembrada? Eu disse que teu nome havia me deixado muito curioso.

Muito?

Sim, muito curioso.

E por quê?

É um nome diferente, respondi, descobrindo subitamente que não existia resposta objetiva ou razoável àquela pergunta.

Muita gente tem nomes diferentes, você rebateu.

É verdade, concordei, um pouco derrotado. E nossa conversa morreu logo em seguida.

Ainda tentei reanimá-la.

Mas por que é que você se chama Caldônia? Você sabe?

Desviou os olhos para o teclado do computador, já incomodada com o suspense daquela situação, com a deficiência ridícula das minhas técnicas de abordagem. Sei que você desconfiava da minha conversa, acostumada a levar cantadas. Eu insisti, me desculpe.

É por causa daquela canção americana antiga, é?

Como?

Imediatamente me arrependi de ter dito aquilo. E de toda aquela tentativa de aproximação. Me senti um idiota. Não repeti a pergunta. Você esperou dez segundos antes de me pedir licença e voltar suas atenções a uma planilha aberta no teu computador.

•

Reconheço que o doutor Xerxes era um médico original. Analisava meu exame ao mesmo tempo em que atarrachava um brinco esférico, de resina branca, à orelha avermelhada na ponta. O resultado do espermograma era preocupante, ele decretou, gravidade da qual eu já suspeitava. Xerxes consultou minha ficha.

Você já tem dois filhos, não?

Duas filhas, corrigi.

E você tem certeza de que quer ter outras crianças?

Não, não tenho. Acho que não quero.

Então é a tua mulher que quer? Ela faz questão?

Não, acho que ela também não quer mais.

Mudaram de ideia, então?

Acho que sim.

Se quiserem, podemos iniciar um tratamento.

Não, não precisa.

Não tem complicação nenhuma.

Obrigado, mas não será necessário.

8

Meu nome é Sileu. Um nome feio, Caldônia. Diferente, assim como o teu. É o mesmo nome do meu avô. Sou um dos diretores de uma grande rede de supermercados. Aceitei o trabalho por preguiça, por comodidade. Uma empresa familiar, um cargo de fachada. Por sorte, todas as nossas lojas serão vendidas em breve para um grupo português. Para mim, será uma libertação. O contrato porá um ponto final às minhas desculpas. Também sou um pai de família. Tenho duas filhas, é verdade. Uma de nove, outra de sete. A mãe das meninas morreu em um acidente de carro, durante uma viagem de verão, a caminho das praias. Sou viúvo faz dois anos.

Com esse parágrafo, finalmente me apresentei.

E, nos próximos, me despeço e te faço um último convite.

Quero te desenhar outra vez, só isso. Ver teu corpo de novo, sem aquele uniforme azul da clínica. Quero descobrir que tatuagens você deve ter feito nos últimos vinte e cinco anos. Quero esboçar novas tatuagens, especialmente para a tua pele, e quero deixar que você mesma crie tatuagens para o meu próprio corpo. Quero transformá-lo na tua tela viva, no veículo e no suporte das tuas expressões. Lembra do que o professor me disse, debaixo daquela jabuticabeira carregada, sobre a obviedade das nossas verdades mais íntimas? Sobre a disciplina que precisamos cultivar para segui-las ou persegui-las? Sobre sempre buscar o florescimento de todas as coisas? Pois admito que ainda não ouvi nada que me parecesse minimamente verdadeiro. E acho que nunca ouvirei. Ao mesmo tempo, sinto que ele tinha certa razão. Estamos aqui para assistir a uma série de enforcamentos, à implosão de pirâmides e arranha-céus, a incontáveis maremotos, avalanches e dinamitações. E é para isso que viemos, o professor me dizia, chupando jabuticabas doces. Para registrar, da maneira mais bonita possível, a falência da nossa própria história.

Vamos registrá-la, então, Caldônia.

No fundo, não tem complicação nenhuma.

Anexado a este texto, segue o nosso velho desenho, resgatado da minha velha pasta de plástico verde, o túmulo violado de todos os meus exércitos. Aqui está ela, para você, a nossa praia, rabiscada por um menino em 1983. Venha comigo. Volte comigo para lá, para Caldônia Beach, para que nademos juntos nas suas águas limpas de mentira, entre cardumes compactos de tubarões vermelhos, vampiros livres da ação do tempo e da morte, movidos pelo sangue de todas as crianças que já passaram pelo mundo.

único ouro que coube ao teu pai tocar na vida, teu cabelo loiro. E não era serviço meu cuidar dele? Manobrar teu pente de chifre, cuidando pra não quebrar um fio que fosse? O trabalho que me dava, sua bandida. Nunca me agradeceu. E o brilho dele, tão raro e bonito de se ver, mesmo dias após a última lavagem? Não era a obra de uma amiga devotada? Ah, você, a única boneca que eu tive, meu único luxo. Por isso me desgostava tanto aquela mania do Ludano. E como haveria eu de aprovar aquilo, Ondina? Me diga, tente me explicar: que tratamento seria menos digno? Nem onze anos você tinha; e ele, quase dez mais velho. O dia inteiro naquele açougue abafado, sem camisa, suando no avental.

Um exibido, eu pensava, um imundo. E pensava errado, confesso: a troco de que culpar o moço? Eu estava cega, Ondina. Quem ia atrás dele era você, sempre você. Se fingindo de escandalizada quando ele passava no teu cabelo a mão suja de sangue de porco. Correndo pro meio da rua, a cabeleira empapada de bordô, um sorriso na tua cara. Quem é que não via? Só eu. Lá dentro, assobiando, o Ludano me chamava e dizia Quitéria, guarda bem essa tua amiga, guarda pra mim, mais dois, três anos e é minha. Pois sim, deixasse comigo.

Eu saía te procurar, irritada. Um quilômetro de corrida até o tanque das tilápias. Era pra lá que você ia, sempre, lavar o teu cabelo. Eu te achava acocorada na margem marrom da água, nua ou quase isso, dependendo do calor ou da hora do dia. Mal me via chegando e já perguntava Quitéria, o que aquele suíno do Ludano te disse, o que foi que ele disse? E eu respondia nada, Ondina, disse apenas que você é muito novinha, que tem cheiro de xixi e que ele não te quer mais por lá, atrapalhando o trabalho dos homens.

Adiantava? Mais um, dois dias e você, criança linda, na ponta descalça dos pés, invadia de novo o matadouro dos italianos. Bem na hora do fabrico dos chouriços. Decerto atrás de mais sangue. Atentada.

E eu, querendo que você morresse.

•

Acabo de chegar do teu enterro, Ondina. Não foi uma cerimônia bonita. E nem podia ser. Sabe que você me saiu uma defunta feia? E teu pai, antes tão sério, enferruscado, era só um velho louco em cima do caixão. Nem vou falar dos teus parentes. Uns oitenta, todos de olho azul. Aqueles mesmos, que a gente odiava tanto. Antes, quem diria que te veriam morta? Que viveriam pra me dizer Quitéria, a Ondina descansou, enfim descansou, pelo menos descansou, era uma santa, a mais bonita de todas. E eu, quieta. Sempre quieta. Só queria, Ondina, uma vez na vida poder afrontar todo mundo, abertamente. Só queria poder gritar descansou de quê? De passar vinte anos acovardada, amortecida, deitada numa cama?

•

Cera virgem de abelha, uma colher. Piche e vinagre, duas. Um prato de lentilhas e um cálice de vinho tinto. Banha de porco à vontade. Três cabeças de pardal. Dois ovos de gralha, fritos. O grude de uma lesma madrugadora. Alho, losna e malva-branca; urtiga, sálvia e pimenta; gengibre, girinos e beterrabas.

Anotações que encontrei ontem, rabiscadas num velho caderno de confidências, mais tarde rebaixado a borrão. Achei isso ontem, Ondina, logo depois de saber que você tinha morrido. A página marcada com uma mecha comprida do teu cabelo loiro, liso.

Nem sei mais o que essas coisas significavam, juro. Se é que tinham algum significado. Deviam ser coisas de menina, só isso.

•

Também encontrei no meu diário, anotada, uma lembrança de quando dormimos juntas, pela primeira vez, na mesma cama onde você ia passar vinte anos deitada, sem se levantar. Escrevi assim: a Ondina suja é mais cheirosa que eu de banho tomado, o perfume dela é a própria atmosfera do paraíso.

•

Acredita que o Ludano apareceu no teu enterro? Chorou e tudo, na frente de todo mundo, ao ver o teu cabelo embranquecido. Passou a mão nele, sim. Mas uma mão limpa, Ondina. A mão de um homem bom, hoje reconheço. E a Galateia, ali, nem parecia enciumada. Também: com os quatro filhos do lado, tão bonitos. Sabe que até me senti orgulhosa de ver aquilo? Os quatro príncipes. A família que nunca comecei. Obra minha, a felicidade deles e a infelicidade deles. Sequer desconfiam que me devem. Porque só você e eu sabemos das coisas. E sempre foi assim, Ondina. No dia do teu noivado, por exemplo. Quem é que te mandou aquele buquê? Só nós sabemos. Você e eu.

•

Eram flores pequenas, roxas. Só davam no tanque das tilápias. Estrelas delicadinhas, de cinco pontas tortas. Veio de lá o buquê, claro. Como é que ninguém suspeitou disso? Lembra delas, Ondina? Cinco pétalas, uma corola bem peluda, vermelha. Feito uma aranha sonhada na minha primeira infância. Bonita de se ver, mas medonha. Apenas uma flor, em todo caso. E não era nem perigosa, de jeito nenhum. Quantas vezes nós não a cheiramos, não respiramos o seu pólen profundamente, não rolamos por cima de uma centena delas, na beira do tanque, no verão? E onde o veneno? Nunca, nunca aconteceu nada de ruim conosco. Lembra dos pelos que cobriam cada flor, fininhos? Um trilhão de cerdas. Com as unhas, você penteava todas elas, bem de leve. Difícil não machucar uma planta tão sensível. Por isso, você a acariciava com cuidado, de cima pra baixo, de baixo pra cima. Ia e voltava, fazendo cara de sabida. Nem parecia ter onze anos. O caule comprido, você descia os teus dedos por ele; descia por aquelas suas folhas miúdas, cor de argila clara. E, de repente, tudo se ouriçava: as pétalas, a folhagem, eu. Tudo se abria e se fechava e se abria de novo.

Só não me pergunte o nome daquelas flores. Eu nunca soube, Ondina. E nem sei se existem mais. Só sei que pus quatro dúzias delas no teu buquê. Embalei em papel de seda branco, amarrei com uma fita prateada. Mas não ficou bom. Achei aquilo tudo muito simples, sem graça. Por isso, no meio do arranjo, eu meti outra flor, só uma, muito maior e mais chamativa que as outras. Também não sei o nome. Lembra? Linda: a inflorescência vermelha, imensa, espelhada de tão brilhante, as nervuras grossas. Do centro daquilo, se erguia uma espiga longa, calosa. Irritava as mucosas de quem chegasse muito perto, sim. Queimava um pouco. Mas nunca o suficiente pra pôr alguém de cama.

•

E desde quando isso existe, Ondina? Um buquê enfeitiçado? Só nos livros, nos contos de fadas. Pra mim, o veneno que te derrubou tem outro nome, outra fórmula. Não vou nem falar de culpa ou de remorso. Não sou tão rasa. Mas vou falar da tua covardia, Ondina. E da tua vontade de me deitar naquela cama, com você, de novo, mais uma vez.

Depois, até me deu pena do teu noivo, sabe? Sem você no futuro dele, o Ludano parecia outro. Passou um tempo enlouquecido. Jurando encontrar a bruxa que te havia mandado aquelas flores. Heroico, não? Só que dois anos mais tarde, como você não se erguia mais da cama, ele foi procurar coisa melhor que feiticeiras. E encontrou, claro. Também, com aqueles olhos azuis.

•

E o teu caixão, hoje? Que tal? Nenhuma flor lá dentro, reparou? Só um arranjo de tule. Elegante, não? Sugestão minha. Tua mãe adorou a ideia, achou poética. Chorou e me disse Quitéria, você perdeu uma amiga de verdade, você perdeu uma companheira, você perdeu, você perdeu. Perdi, perdi, eu disse. E chorei também, eu com ela, uma repetindo as palavras da outra.

•

Agora vou me livrar de você pra sempre, Ondina. Jogar fora essa tua mecha loira, se é que você me permite. Dá azar guardar os cabelos de uma morta, sabia? Pensei em ir até o tanque das tilápias, afogar nele a tua relíquia, a tua lembrança, a nossa história. Faz tanto tempo que não vou lá. Mas quer saber? Me deu preguiça. Vou pra cama. Teus cabelos vão se dissolver na fossa aqui de casa.

nenê para de chorar. Dorme. E eu olho pela janela. Estufa de gente. Lugar feio, sem árvores, sem um rio que mereça o nome de rio. Minha cidade sem horizonte, feita somente de objetos de uso, tua lei é a utilidade, a economia das coisas. Aqui dentro, ali fora, lá embaixo, quase tudo um utensílio. Carro, prédio, sinaleiro, *outdoor*. Placa de trânsito, antena de celular. Sei que é a ladainha da moda, o choro da mídia, mas hoje sou um homem do meu tempo. Sabedor de gírias, amante dos clichês. Integrado e objetivo. Com meu primogênito no colo, três vezes maior que um charuto grande, o moinho do meu sossego, frágil gerador da energia que me resta.

Converso com ele.

Quando tudo for utensílio, digo, o próprio homem será apenas um enfeite do mundo. Seu último adorno desnecessário. Uma espécie ornamental de macaco.

Ele reage mal, acorda.

Duvida, meu filho? Ontem mesmo, na internet, vi a foto de uma múmia de bugio asteca. E ela era a tua cara. Péssimo, não? A múmia me lembrou você. Paramentada para a morte.

padrão de cavalos

não vai lembrar, era muito novo. E teve sorte, saiu cedo de casa. Mas, no final da tarde, a gente sempre acompanhava a recolha dos animais. As vacas que enchiam a mangueira. Os carneiros e as cabras, lembra quantos? Impossível, era tão pequeno. Nossa família chegou a ser a maior criadora da região. E também havia os coelhos, mais de duzentos, bem mais. Pena o que aconteceu com os cavalos. Eram treze, acho. A guerra requisitou todos. Menos um — o que não chegava a ser um consolo para o pai. Nunca devolveram nenhum deles. Sabe Deus que fim tiveram. Tem gente que, só para me zombar, pergunta até hoje se eu acho que aqueles cavalos foram mesmo mandados para a Itália. E eu digo que nunca havia pensado nisso. Nossos cavalos no mar, presos num porão de navio, como um bando de pretos.

Mentira minha, claro. Gozação sempre me deu nos nervos. Sei lá, não vejo graça nas coisas. Acho que nunca tive um senso de humor muito apurado. Sou que nem a mãe. Nunca fui de brincar, de contar piadas, rir alto. Mas eu pensava neles todo dia, sim. Nos cavalos. E ainda penso. Verdade é que, na época, não nos parecia estranha a ideia de ceder animais ao exército. Talvez porque, para a gente, a tal guerra contra os alemães se passasse tão perto de casa. Pelo menos uma parte dela se dava na nossa vizinhança. Você não lembra, nem tinha nascido, mas, uma vez por ano, o campo era tomado por soldados. Eles limpavam uns quatro quilômetros de pasto, entre nosso quintal e a escola. Carpiam o mato, abriam trincheiras. Cavavam rios artificiais. E treinavam ali, dias seguidos. Atiravam, cavalgavam, rastejavam nos barrancos, entre as crateras dos morteiros. Elas existem até hoje, cobertas de capim seco, espremidas entre as mil quadras do novo loteamento. Quer ver uma? É questão de marcar um passeio. Um dia te levo lá. Ver as valetas onde os milicos nadavam, descalços, sem camisa, numa água barrenta, dourada, cor de chocolate. Ver as raias por onde corriam, empinando as montarias do pai. Inventando as batalhas deles. Contra os italianos e os nazistas, contra dragões e turcos e índios americanos. Era tudo uma festa. Tudo brincadeira. A cavalaria, os soldadinhos no pasto, os toques de trombeta, um ou outro avião sobrevoando as roças.

Nós, as meninas, é que sofríamos. Trancadas em casa durante semanas, só ouvíamos o barulho das pelejas. Nenhuma de nós podia sair enquanto durasse o treinamento militar. O pai não deixava. No máximo, íamos escoltadas ao banheiro, a uns quinze metros da porta dos fundos. Perigava a gente levar um tiro de fuzil, diziam. Apanhar um estilhaço. Mas hoje eu sei, todo mundo sabe: o risco era os soldados cruzarem com uma de nós na estrada ou num capão próximo ao descampado. Uma preocupação pertinente do pai, não era?

Mas eu estava falando da mangueira. Do gado recolhido ao fim da tarde. Você não tem como lembrar. A gente costumava assistir à cobertura das vacas, sabe? Apreciar a sem-cerimônia dos touros. Os seus bufos. A musculatura do pescoço retesada, a rosca da língua dura a cutucar o focinho, a ponta procurando o que lamber no ar vazio. E todas nós ali, as cinco, trepadas na cerca, a dois palmos da baba dos bichos. Dando graças a Deus pela bênção de ser gente. Se não tivéssemos nascido moças, filhas do mesmo pai, estaríamos também ali, uma escalando a outra, espumando pela boca, os olhos virados, os cascos fendendo o chão, a pedalar o espaço? Inocência nossa. Ou será que não?

Por ser nosso caçula, você não sabe de muita coisa. Viu pouco. Acho que essa é outra das vantagens de ser temporão. E também teve outra criação, primeiro com a mãe, depois com os padres. O que te poupou de muita estupidez. Sabe que, sempre que a mãe engravidava, ela escondia isso da gente? Não me pergunte por quê. Era o costume da época, acho. Ou ignorância do pai, o que vem a dar no mesmo. O fato é que, sempre que engravidava, a mãe se metia num mesmo vestido de algodão cru, muito largo, sem cintura nenhuma. E eram meses sem mudar de roupa. Debaixo do pano solto, a barriga da mãe crescia sem que nenhuma das crianças notasse. Só percebíamos qualquer coisa bem mais tarde. Mas não pense que podíamos comentar aquilo. Ninguém comentava nada. Nenhuma de nós, e nem mesmo o pai, podia tocar a barriga da mãe. Gravidez, lá em casa, não era motivo para debate ou celebração. Entre nós era assunto proibido. Por outro lado, era comum ouvir um ou outro palpite cordial das várias visitas de domingo, o café na canequinha de lata queimando o dedo de velhas especialistas. Quando a gestante ficava mais bonita, diziam, era porque ia dar à luz um menino.

Mas só nasciam meninas, uma atrás da outra. E fazia certo sentido, não? Porque a única gravidez que embelezou a mãe foi a tua. Lembro que ela brilhava de felicidade.

Meu Deus, éramos todos crianças há seis, sete décadas. O pai e a mãe também.

Os nenês vinham do banhado, sabia? Era o que nos contavam. Quando anoitecia, nos pediam silêncio absoluto. E perguntavam se estávamos escutando, lá fora, lá longe, o choro dos nenês no brejo. É claro que eram os sapos e as rãs coaxando. Mas o pai garantia que não. Eram os recém-nascidos que se desatolavam do barro, aos montes, buscando se aliviar da imundície. Respirando o primeiro ar do mundo acima deles. Coisa ruidosa aquele parto. Na madrugada, uma esquadrilha de garças brancas resgatava toda aquela nova safra de gente. E amanheciam todos na porta dos seus futuros pais.

Um dia — a mãe já estava no final da tua gestação —, decidimos tirar a limpo essa história. Escapamos de casa, à noite, e fomos ao banhado, todas as cinco. Ver as garças brancas, as crianças sujas. Para chegar lá, só era preciso atravessar, no escuro, boa parte do campo esburacado de bombas. Um terreno familiar, fácil de vencer em meia hora. Bastava seguir a choradeira à nossa frente.

Foi uma caminhada tranquila até a entrada do brejo. Ali, encontramos algo inesperado. Caída numa das trincheiras cavadas pelo exército, uma vaca morta esticava as patas partidas para o alto. Eu a iluminei com a lamparina e a reconhecemos bem rápido. Era uma zebu cinzenta, quase azul, prenha, perdida pelo pai mais ou menos uma semana antes. Provavelmente tinha despencado do barranco para o fundo da valeta e morrido de fome lá embaixo.

Não me recordo de quem foi a ideia. Juro. Na hora, ela nos pareceu muito boa. Desconfio até que tenha sido minha, só pode ter sido minha. Aquela vaca tinha morrido, certo? Mas e o bezerro dentro dela? Havia um bezerro ali, não havia? Era a nossa suspeita, a nossa grande dúvida. Pois com você, tínhamos a mesma teima. Você só podia estar dentro da barriga da nossa mãe, e não no banhado, num bercinho de lama, à espera de uma revoada fabulosa de pássaros. Além disso, não haveria, quem sabe, uma chance remota de salvar a cria daquela vaca? O pai não ia se orgulhar da gente? De mim, pelo menos?

Eu tinha dez, onze anos. Sendo a mais velha, assumo a minha culpa, a responsabilidade pelas outras.

Fui eu quem sugeriu usar o facão. Primeiro, quis perfurar a vaca com golpes de ponta. Depois, tentei abri-la com o fio da lâmina. Nada, nada. O couro era bem mais resistente do que eu imaginava. Uma a uma, todas tentamos rasgar o bucho da vaca de várias maneiras, manejando o facão de todos os jeitos possíveis, com toda a força que tínhamos. No começo, com um pouco de método. Mais tarde, já bastante alteradas. Acabamos, as cinco, perdendo a razão, completa, coletivamente, por vários minutos. Queríamos ver o bezerro lá dentro. Já não importava se ele estava vivo ou morto. Queríamos ver onde é que ele estava, como é que ele podia estar lá, botá-lo para fora. Histéricas, suadas, as bochechas vermelhas, atacamos aquele cadáver na trincheira com pedras pontudas, com paus, com as nossas botas, com os nossos gritos, os nossos punhos. Também fui a primeira a chorar. E acho que todas as outras choraram depois de mim. Depois disso, não lembro de mais nada.

 E isso é o mais curioso. Você não concorda? Por que será que não tenho qualquer outra lembrança, mais detalhada, do ocorrido? Não te parece evidente? Porque não consegui, claro, rasgar o couro daquela vaca morta. É o que você vai dizer, é o que você está pensando. Que não pude arrancar, nem vivo nem morto, o bezerro de dentro dela. Parece lógico. Imagine a valeta se enchendo de sangue, o aroma da carne podre deflorada, o metano se incendiando à primeira perfuração da faca. Como uma criança esqueceria essas coisas? Parece impossível. Mas, hoje, para falar a verdade, já não sei de mais nada. Acho que sempre há como esquecer. Que posso ter esquecido. Sempre há um jeito de esquecer as coisas, qualquer coisa. A velhice me fez pensar diferente. Acho que, de alguma forma, trinchamos aquela vaca. De alguma forma, foi o que fizemos.

 Mas não decidi te contar tudo isso por ser você o único de nós, além de mim mesma, ainda vivo. Não se engane.

Também não se trata da confissão de uma velha ao padre da família. Nada disso. É que venho tendo um mesmo sonho todas as noites, sabe? Ele se repete há meses, sempre igual. Não me assusta, não me ameaça; apenas me perturba. Tem a ver com esse episódio. Com a vaca na trincheira. Com você e com a mãe. Os cavalos. Tudo isso.

No sonho, é dia. Faz calor. Estou no campo de treinamento militar. No pasto velho, à beira da valeta onde encontramos a vaca morta. Tenho dez anos de novo. Onze. Meu vestido de algodão, totalmente ensanguentado. O facão fincado no lodo do barranco. Um cheiro de ferro e pólvora contaminando tudo. Lá embaixo, na trincheira, a zebu aberta, estripada. Uma flor ao sol, cortejada pelas moscas. E, ao lado dela, o bezerro, vivo. Procurando por onde subir.

Me sinto orgulhosa daquilo. Olho para o céu, olho à minha volta, em busca de alguém que me agradeça o ato de desprendimento, de coragem. Quem sabe o pai não esteja ali? Não guarde para mim um beijo, uma palavra de reconhecimento?

Mas não vejo o pai. Tem alguém ao meu lado, mas não é ele. É você. Já crescido, com vinte anos, talvez. Lindo como sempre foi, como ainda é, vestindo a calça de uma farda militar salpicada de barro. Sem camisa, sem coturnos. Um sorriso de guri. Uma corda enrolada nos ombros. Pronto para o resgate.

O ladrão de todos os cavalos do pai.

Foi bom ter saído de casa tão cedo, não foi? Para você, foi excelente. Para nós, não. Depois que a mãe foi embora, o pai nunca mais reagiu. Deixou de ser homem, muito antes de a velhice chegar. Largou mão de tudo. Mas ele se arrependeu, sabe? De ter expulsado vocês dois. É isso que eu queria te contar, acho. Era obrigação minha. O pai dizia que, se você tivesse ficado em casa, apesar de tudo, as coisas teriam sido diferentes. Talvez melhores. Porque juntos, ele dizia, nem ele nem você — meu padre, meu irmão — teriam levado a cabo essa ideia estúpida de deixar de ser homens.

Quantas

horas cabem numa mesma madrugada? Saí do banho já era meia-noite, talvez mais. E só cheguei ao baile bem depois disso, certeza. Ainda tive que esperar a turma inteira se perfumar, um frasco pra meia dúzia. Não lembro direito do horário, não levei o relógio por medo dos malacos. Mas, quando vi, a banda já tinha trocado de figurino três vezes. E nada do salão esvaziar. Ninguém saía. O tempo estacionado, só podia ser, não progredia, sabe? Tomei três chopes em menos de trinta minutos? Impossível, eu não era tão forte assim. Com catorze anos? Já teria caído. E quantas marchinhas, meu Deus, animam uma hora de festa? Noite sem fim, poço sem fundo. E eu despencando, desde o comecinho. Tombo feio, mas sem o amparo do chão, sem choque. Vertigem de pesadelo.

Lembro vagamente de um casal de foliões, só um. Sempre ali, na cabeça do garrafão. Vi quando se conheceram. Acompanhei sua primeira dança, uma lambada valente, o beijo inaugural dos dois. Ele, engraçado, ia ao banheiro meio que direto. Deixava a guria embaixo da tabela de basquete — que não se perdesse dele, ficasse no pique, colada. Sozinha, ela olhava pra cima, o pescoço duma garça, empinado. Olho nos ventiladores de teto. Pra evitar o encorajamento dos rastreadores em volta, caçadores de flertes. Ela checava a madeira roída nos cantos da tabela, a tinta descascada. O aro sem malha, enferrujado nos parafusos.

Tanta precaução e tão pouca serventia. Sempre tinha quem chegasse. Voltando da terceira viagem, o homem encontrou a parceira já de papo com um surfista, louro falso, muito magro. Sem camisa, colar azul de plástico, um sutiã de flores sobre os mamilos. Gel com purpurina roxa nas laterais do cabelão, *piña colada* em riste, arma doce de atordoar donzelas, os canudos cor-de-rosa apontados pra bocona da guria.

Brigaram os três, é claro, o surfista logo se retirando, sabiamente. Não ia desperdiçar aquela isca, nenhuma gota, abacaxi e álcool e açúcar, guarda-chuva de papel púrpura. Fosse procurar outra presa, menos vigiada. Sair no tapa traria vários prejuízos — a perda do drinque, de longe o mais lamentável.

Mesmo deixado em paz, o casal não retornou às boas tão facilmente. Ainda ficaram, aqueles dois, de berro e de frescura, bafejando um no ouvido do outro, papelão total. Sei lá por quanto tempo. Triste de ver, nem divertido era. O cara não tinha razão. A moça não tinha culpa. Eu não tinha relógio, mas sabia que o tempo não passava. E que aquele sujeito era muito burro pra ela — todo homem é muito burro, sempre suspeitei. Não era óbvio quando os dois saíram da quadra? Ela puxando ele pela gola da camiseta, um asno conduzido por um anjo, a cara comprida das bestas.

Se refugiaram na arquibancada. Ele no colo dela, nervoso, deitado, fazendo bico. Ganhou um cafuné e se acalmou, nenezinho abalado. Ela o beijou de novo, toda corcunda, nem sei como é que conseguia. O cara ainda pôs a mão debaixo dela, entre as coxas da namorada, ali, entre a sua bermudinha de *lycra* e o assento rachado de tábua. Dois contorcionistas mudos, surdos, cegos.

E eu olhando tudo, esperando a noite acabar. Tomando chopes em série, chocos e sem colarinho, e o sol atrasado do outro lado do planeta, e o globo de espelhos a lançar sua rede de estrelas sobre o casal, sobre a pista de dança, lagoa nebulosa, o cardume brilhoso dos bailarinos suados. Enfim, toda uma história de amor aconteceu bem na minha frente, sem que nada acontecesse comigo. Quantas mais, numa mesma madrugada?

Meus amigos, todos, sumidos pelos cantos, ou engatados em algum trenzinho unissex. Cada um, um vagão de inconsequências. Já arranjados com suas caiçaras de tornozelo grosso, máscaras caseiras na cara, o aperto dum elástico vagabundo nas têmporas, o sangue represado acima dele, lantejoulas e cola branca e plumas de passarinho, asas no lugar das sobrancelhas. Todos ativos, fazendo valer e durar a magia evaporável das colônias encomendadas no Paraguai.

Só que comigo era diferente, sempre a mesma dificuldade. Não pra arranjar mulher, esclareço já — mas pra aparentar alegria. Quem é que me dava um motivo decente?

Fiquei bêbado, sim, dos bem loucos. E nada de desmaiar. Nada de entrar em coma e acordar a salvo numa maca de pronto-socorro, súdito de sorte, única baixa satisfeita em toda a tropa, liberto da obrigação de guerrear pela felicidade eterna duma noite, do dever de bater continência ao claudicante general da folia franciscana de Ipanema. Não, nada disso aconteceria. Eu não apagava. A queda, mais longa que a madrugada. O chão parecendo um destino de sonho, distante.

Ir embora eu também não podia, de jeito nenhum. Deserção vergonhosa. Exausto, tentei me fingir de morto. Me entreguei. Procurei o alto das arquibancadas, o topo do salão, oito metros acima do fervo da cancha, do nível do mar invisível lá fora, brabo e negro debaixo da garoa, uma semana ininterrupta de chuvas e mormaços imortais. Mesmo com medo de ser pisoteado, deitei num banco coberto de areia fina e pegadas de chinelo, de comprido, e esperei ali pela morte, minha ou da festa, a que viesse primeiro ou com mais vontade.

Resumindo, nada a ver com nada. Porque quem veio antes, na real, foi uma nativa. Saiote de penas de cores alternadas — vermelha, verde, azul, vermelha, verde, azul —, cortininha pendurada num cinto de palha. Atrás dela, as coxas de caramelo, uma delícia de lembrar. Miçanga de búzios, a barriga redonda, sem uma estria, o pé pelado, o tom de tijolo da pele, o cabelo engordurado de índia, o biquíni de lacinhos frouxos. Uma delícia. Surgiu do além, engatinhando ao meu lado. Uma criança como eu, dois conquistadores.

— Oi — ela disse.

O sorriso esmeraldino do curupira, olhos de granada faiscante.

Bonita, ainda por cima.

— Quer loló?

Tirou da bolsinha de couro marrom um meião de futebol amarelo e preto. De que time seria? Desenrolou a peça com cuidado, esticou-a no chão. Sacou uma ampola pequena de lança-perfume, pistolinha de vidro, borrifou o éter no pano e, com ele, tampou a fossa da minha boca.

— Suga, menininho, vai.

Um redemoinho de cristais congelantes me inundou a garganta, forrando de flocos de neve o meu esôfago.

— Isso, põe o frio lá dentro de você.

A bateria abafava as cordas e as vozes, era o baterista contra a rapa, contra a respiração coletiva dos cordões de carnaval, o cicio do ninho de cobras humanas lá embaixo. Todos dançando debaixo d'água. O bumbo na minha nuca, a esteira da caixa nos incisivos. Cada rim, um tom-tom massacrado. E o frio — lá dentro.

Pulamos umas vinte mil músicas, acho. Marchas e frevos e tangos, e o duplo sentido do cancioneiro a incentivar alianças e atrevimentos. Toda uma vida concentrada em dez minutos de suspense e gengivas secas. Nos beijamos pela primeira vez trilhando a linha azul e picotada dos três pontos. Perguntei seu nome no círculo central, já nem lembro mais. Mas lembro de ter contado os dentes dela com a minha língua gelada. Eram vinte e cinco, certeza. Muito nova, será?

—Vamos pra praia, cara?

Vamos, claro. Ou melhor não?

—Vamos, cara, antes que amanheça.

Ela fazia os cálculos dela. Ainda tínhamos algum tempo de escuro, garantiu.

E agora era eu a mula rebocada pelo diabo, sem ação e sem vontade, todos os cheiros da menina a invadir minhas fuças desatentas. Eu relinchava.

—Vamos, vamos, vamos. *Vamos a la playa.*

Íamos saindo, a duplinha já na catraca do clube, quando um barulho mortificante paralisou o tempo. Uma bomba, uma briga? A explosão duma bolha de vácuo? Uma enxurrada de talheres a escapar da cozinha? Olho pro salão, identifico o motivo do alvoroço: um dos velhos ventiladores de teto caíra bem no meio da quadra. Falta de vistoria, o crime bem brasileiro do desleixo. Mas nenhum ferido, pelo jeito. Olho bem, olho de novo, a nativa me puxando pra fora, rindo, mordendo meu pulso, doida, garota canibal me roendo carpo e metacarpo. E eu, hipnotizado pela cena atrás de nós, sem entender o que via.

Uns nus, outros em traje de gala, ali estava o meu povo, sambando em círculos, ao redor de quatro longas pás tortas, fios de cobre mal encapados, verde, azul, vermelho, verde, azul, vermelho, um motor fumegante, totem arruinado a anunciar o fim dos refrescos.

•

Na rua de areia e lama, a cada cinco metros uma perereca esmagada. Às vezes, uma rã. Uma serpente verde, atorada ao meio por duas rodas finas de moto, a cabeça triangular submersa numa poça cinzenta, água sem graça e sem brilho, incapaz de espelhar qualquer coisa. No capim alto à beira do caminho, carreiras de gambás à nossa esquerda. Ninhos de rato à direita. No rastro da gente, um guapeca ruivo e faminto, péssimo cachorro, bicho enganado, a farejar ossos e sobras debaixo de nossas roupas, diversão e futuro em nossas vidas. À frente, lá no final da retona, quadra e meia adiante, a sombra de chumbo do mar, seu chiado ininterrupto de rádio fantasma, sempre em busca de quem o sintonize. Um pouquinho antes da praia já se divisava, ali, o barranco esburacado das corujas e, me parecia, um opala dourado, luzidio. Capota preta, faróis acesos, as quatro portas escancaradas. Em volta, escorados no carro, três vultos obesos, pançudos. Três chapéus de caubói. Em cima deles, facções rivais de mariposas brancas e morcegos-pescadores a disputar a órbita de um mesmo poste de luz. E, molhando a nós todos, a mesma garoa miúda, irritante.

Tonto, a caiçara pela cintura, lá estava eu de novo, chupando e chupando o meião amarelo dela, ou do irmão dela, ou do pai, pano grosso manchado de barro e batom escuros. Ela, maquininha cabocla de risos, uivos e canções, cantarolava sem parar, num dialeto exclusivo das gurias bêbadas. Só se interrompia pra mastigar minhas bochechas, me morder o pescoço perfumado e entoar uma estúpida versão escolar do hino nacional.

— Loló-loló-loló-loló-loló — loló!

Como era previsível, o afã patriótico da moça ao anunciar sua boa dose de cloreto de etila atiçou o trio chapeludo. Excitados, os balofos logo se espalharam pela rua, em clara formação de ataque, numa coreografia simétrica de videoclipe, de briga de balé, ensaiadinha. Três sorrisos de orangotango, três caras redondas, barbadas, os três idênticos, uniformizados e prontos pra dança, bem posicionados pra nos interceptar. Me fodi, pensei. As camisas desabotoadas, barrigas à mostra, repulsivas luas peludas. Nada original, é claro, só mais três escrotos. Quem nunca cruzou com gente assim? Gorda, suja, alterada. Sem consideração pelo próximo. *Shorts* de náilon negro, o saco visivelmente sufocado pela forquilha dos pernis. Duas broas de milho esturricadas, os pezinhos inchados num par de chinelos azuis. Nunca viu esse povo? Os dedões hiperbólicos, as microscópicas unhas encravadas? O negócio é não dar trela, passar batido.

— Ei, ei, ei — berraram eles, os braços abertos numa saudação brejeira, muralha de banha impossível de vencer.

Tentei ignorar, me fazendo de cegueta. Sem chance. Nos cercaram, muito alegres, falando sempre em uníssono, simultaneamente.

— Já repararam? Já repararam? Já repararam?

Paramos, bem na frente dos caras, uma mão arredondada no meu peito. Erro clássico, eu sei, difícil de corrigir. Parado, eu teria que responder. Dizer alguma coisa.

— Já reparamos no quê?

Riram da gente, do nosso senso de observação, tão falho. Riram e exalaram, gargalhando, três tipos mortíferos

de fedor. Riram e se abraçaram por um minuto de euforia, o que poluiu o ar com uma espécie de tensão sexual. Por fim, depois de muita esfregação e escassa noção do ridículo, o trio se congelou numa pose fotográfica.
— Somos trigêmeos!
Sei.
Não gostei daquilo, nem um pouco, mas o foda foi que a minha nativinha achou massa. Se desgrudou de mim e resolveu aderir àquele úmido abraço fraternal.
— Nossa, vocês são bem iguaizinhos mesmo!
— É, você reparou? Reparou? Reparou?
Percebi que tinha perdido a minha gata. Tudo bem, melhor assim, ponderei. Estava desprevenido mesmo. Nenhuma camisinha no bolso. Muita cachaça no sistema circulatório, prenúncio de vergonha. Naquela hora, também era evidente que eu já devia ter ido embora fazia tempo, voltado pra casa, largado ela sozinha com aquela turma. E bola pra frente. Mas catorze anos são catorze anos.

Bem rápido, se estabeleceu uma negociação supostamente amistosa entre nós — na verdade, entre a guria e os gordos. Eu já estava fora da jogada, em outra, típico piá de bosta escanteado. E, na real, que condições eu tinha de me comunicar com alguém? Minha cabeça, uma zona perfeita, lar de um cérebro de vidro, órgão cromado, mosaico de espelhos, guizos e sinetas, novelo de luzes de Natal, ímãs e utensílios de penteadeira. E aquele zumbido louco nas minhas orelhas, o que era? Um secador de cabelos, não sei, um aspirador de pó atravessando o ganzá sereno das ondas na beira-mar. Quebrado o ritmo da noite, não havia mais jeito, a festa perdia de vez o andamento. Eu mesmo tinha a impressão de ser outra coisa, não eu, não um bicho vivo, mas um mecanismo qualquer de corda, sem calor próprio, engrenagens ressecadas, uma chave fincada nas costas, cabo de faca em forma de asas de ferro. De dentro de mim, parecia, vazava o barulho de um barco a motor, eu, uma embarcação encalhada no meio do balneário de Ipanema, nau sem convés e sem governo. Ou aquilo seria só o ronco do opalão dourado, placa de Maringá, dados alvirrubros de pelúcia, três, pendurados no retrovisor? Mas, e a tosse que eu escutava, de quem, de onde saía? Era minha? De algum pulmão humano? Ou da hélice do bote que eu me tornara? Sim, era uma hélice ali, era sim, engasgada, cuspindo areia pra todos os lados, se detonando na resistência da terra firme, as quatro pás tortas fixadas na rosca do meu rabo, o vento cortante me pegando por trás, o cheiro de sangue no meu buço, sim, o óleo queimado na vesícula, o ruído do universo todo em banho-maria, do nosso planetinha fritando sob a chuva quente. A minha cara, nem rosto nem máscara, só um formigueiro de tracutingas frenéticas, o rosto sulcado por canais, túneis, atalhos secretos, picadas na palma das mãos, nas panturrilhas.

É, eu estava mal, acho, estava sim, mas não caía, não caía. Lembro que eu pensava ah, mundo velho e sem porteira, ah, jornada sem meta, madrugada sem fim. E era bem por aí que as coisas caminhavam.

Por isso, não entendi direito os termos do acordo que os irmãos nos propuseram. Resumindo, era mais ou menos o seguinte: em troca duma bela cafungada no nosso loló, eles se comprometiam a nos ceder um golão duma beberagem caseira especial, uma poção do tipo, receita doméstica, ancestral, sagrada, enfim, altas veadagens e não sei mais o que lá.

Ok. Mas, sinceridade, não vi muita vantagem nisso, não. A minha acompanhante, por outro lado, considerou o escambo não menos que excelente. E fazer o quê? Era ela a dona da bola e do campinho. Que tinha eu que apitar?

Portanto, cumprida a nossa parte no negócio, a ampolinha de lança já vazia, rolando numa valeta à margem da rua, os gordos nos levaram pra trás do carro, todos os cinco de braços dados, mui amigos, numa ciranda capenga e soluçante. A tal bebida mágica estava ali, nos disseram, no porta-malas, só esperando por gente de sorte como a gente.

Um dos caubóis, o mais emotivo dos três, chaveiro de caveirinha plástica girando no mindinho, foi quem nos desvendou o interior daquele compartimento misterioso. Muito lentamente o abriu, sorrindo, a gozar por antecipação alguma coisa ruim, muito ruim, e disso eu já sabia, é claro que a coisa seria ruim, eu podia adivinhar direitinho, eu lia aquilo na cara dele e na fuça dos outros, eu via tudo muito bem, pressentia a maldade daqueles gordos babacas no lampejo de cada uma de suas obturações, conhecia bem a voracidade daquela laia de bandidinhos, cheios de tesão por sei lá o quê, atraídos pelo mal, pela mais pura imoralidade, sabe?

Só que, na hora, eu não fiz nem disse nada. Acho que o que eu queria mesmo era saber o que havia dentro do porta-malas.

— Uma chaleira? — perguntou a moça, quase decepcionada.

Sim, uma chaleira, e bastante encardida. Uma chaleira. Pequena. Depositada sem muito esmero sobre um carpete grisalho, todo desfiado. Quase engolida pelo lixo de muitos anos de mau uso e falta de higiene. Bem fechadinha. O bico coberto por uma touca de papel laminado.

— É agora — disse um dos gordos, emocionado pra valer, catando a chaleira. — Não tem erro, colega. É só cair de boca, meter pra dentro e esperar.

Trêmulo de ansiedade, estendeu a chaleira na minha direção. E o que se seguiu — é tão fácil de prever — foi simplesmente um constrangimento brutal. Porque, por mais chapado que eu estivesse, beber aquilo definitivamente não estava na minha agenda.

— Certo — respondi, sem me mover. — Muito obrigado. Mas o que é isso mesmo?

— Segredo de família. Bebe logo.

Eu não queria ofender os gordos, entende? Mas dizer não àqueles caras era tão difícil quanto tomar coragem pra bebericar o conteúdo secreto da sua chaleira suja. Uma situação delicada. A própria caiçarinha concordava comigo. Bem, acho que concordava, pelo menos no que dizia respeito à nossa dificuldade em recusar o presente. Tanto que apanhou a chaleira, checou a temperatura do alumínio, desinterditou o seu bico e logo o pôs, inteirinho, na boca, como se ignorasse por completo o que fossem a prudência e o arrependimento. Bebeu uma quantidade generosa do líquido em poucos segundos e, pela expressão de surpresa e desespero que rapidamente deformou a sua cara, supus que estaria vivenciando, de forma intensa, algum aprendizado esplêndido, mas de natureza muito amarga.

Corpo dobrado pra frente, a testa larga quase nos joelhos, ela manteve os olhos apertados por meio minuto, o dorso da mão sobre os lábios, tentando conter um refluxo violento, um arroto doloroso, um pedido de socorro, não sei precisar. De repente, debelada essa pequena crise, sem ter nos fornecido qualquer indício de que poderia sobreviver a uma experiência mística tão poderosa, a menina endireitou o tronco e, possuída pelo vigor das santas, deu vinte saltos verticais pro céu, vinte urras ao demônio e vinte socos pro alto, decerto tentando nocautear as nuvens, os sovacos nuzinhos, os punhos fechados, berrando feito uma macaca pitoca, deixando escapar um flato a cada golpe desferido contra o nada ou contra si mesma, até finalmente desabar na lama ao nosso redor, reduzida a coisa nenhuma, só mais uma criaturinha de Deus entre tantas outras, rãs e pererecas e cobras diláceradas, menina por fim entregue ao seu destino de mulher sem dono, pacificada à força, absurdamente rendida e feliz.

— Mas, porra — gritou, se ajoelhando —, isso é bom pra caralho!

E foi aí que eu fiquei curioso.

— Jura?

— Juro.

— E tem gosto do quê?

— Sei lá, nem lembro mais.

A indiazinha agora ria e rodopiava, pulando num pé só, a miçanga de búzios prestes a arrebentar, o saiote parcialmente depenado, tristemente enlameada a calcinha do biquíni. Uma criança, como eu, o meu cachinho de sábado. Malícia zero. Já os trigêmeos se congratulavam entre si, exultantes, provedores de uma delícia original, irresistível. Eu estava mesmo ferrado, eu sabia. O orgulho só servira pra excitá-los ainda mais. E agora teria que ser a minha vez. Estava escrito.

— Bebe também, cara, vai.

É, talvez eu até bebesse. Só não me agradava ser obrigado.

— Be-be, be-be, be-be — cantaram todos, batucando no capô do opala.

— Mas eu acho que não quero — expliquei.

Quem sabe se insistissem mais? Vontade eu tinha. Me faltava a coragem. Além disso, sempre tive pânico de morrer por burrice.

— Bebe, menininho, que saco — resmungou a maluquinha.

Quer saber? Era carnaval, não era? Época em que todas as leis da sensatez e da lógica são temporariamente revogadas. Era uma questão cultural, quase religiosa. Tinha que ser respeitada. Sendo assim, se aquela fosse uma chaleira de veneno, tudo bem. Eu morria e azar o meu, um inteligente a menos, grande coisa. Mas, se não fosse, eu continuaria vivo e, quem sabe, tão alegre como aquela nativa escangalhada no barro. Alegre pela primeira vez na vida. Mesmo que fosse a única, a última vez, não era algo que valia a pena experimentar? Um troço comovente, percebe? Tudo é um jogo, afinal, uma aposta. Pura magia.

— Tá bom, eu bebo.

Ai, os catorze anos.

— Mas é só um gole.

Precisava mais que um?

Minha decisão foi comemorada com uma mini-hola patética. Um dos gordos até ergueu a chaleira sobre o chapelão bege.

— A taça do mundo é nossa — proclamou.
— Agora bebe — pediu um outro.
— Ok, vou beber, já disse.
Apanhei a chaleira. Nenhum calor.
— Mas é só um gole — repeti.
— Bebe duma vez, piazote.
Certo, eu ia beber. E rápido.
Botei na boca o bico fétido daquele prosaico objetozinho de adoração. Até parei de respirar, de nojo. Não queria saber que cheiro era aquele. Contei até três e feito — caminho sem volta. Noite sem fim. Etcétera.

Consistência de molho de tomate. Pedaçudo. Do gosto, ninguém me pergunte. Não lembro mais, não sei de nada.

Só sei que me contorci por muito tempo. E já não controlava mais coisa alguma. Nenhum nervo era meu. Osso, cartilagem, tendão. Nada era meu. Tudo desintegrado. Autônomo. Músculos sob o meu comando, isso não existia mais, tudo se retesava e relaxava por ordem de Deus, não minha. De meu mesmo, o que havia restado? Minha cabeça pelada, o crânio ardente. Meu corpo, uma tubulação cósmica de esgoto. O fígado, pingando gordura. Meus intestinos sibilantes.

Abria e fechava os olhos, mas sem conseguir acompanhar a ação à minha volta, quase dormindo de pé. Vi que o gordo emotivo chupava dois de seus dedos, bem devagar, o indicador e o médio. Uma baba quilométrica escorria pelo seu antebraço, pendular, cotovelo abaixo. Vi que tirou os dedos da boca, muito melecados, e os enfiou, com calma, no bolsinho da frente da camisa xadrez. Quando os retirou de lá de novo, estavam completamente cobertos de purpurina prateada. Como se manejasse um pincel, aplicou aquele pó de prata ao redor do pescoço delgado da caiçara. Ela adorou, foi logo se admirar no espelhinho lateral do opala de ouro, toda risonha, agradecida pelo lindo colar de brilhantes que ganhara dos irmãos.

Com medo de me machucar, julguei melhor deitar no chão. Num lance inesperado de oportunismo, o guapeca ruivo ressurgiu e se esticou ao meu lado, em busca de um companheiro pra sua miséria. Tudo bem, não havia muito que fazer mesmo. Apaguei, abraçado com o cachorro, na posição da colherinha. Eu atrás, é claro.

•

— Vai, que o sol já vai nascer.
— Se foda o sol.
— Se foda você.
— Cala a boca, senão eu não termino nunca.

Acordei com o falatório e a bagunça dos gordos. Era inacreditável: a madrugada ainda não tinha acabado. O céu já ia avermelhando o mar, a chuva caía um pouco mais grossa. O cão molhado entre os meus braços. E eu, ainda doido das ideias.

Dentro do opala, uma movimentação suspeita indicava que algum novo acordo fora selado entre os trigêmeos e a guria. As penas dela espalhadas pela rua, verde, vermelho, azul, azul, vermelho, verde. Seu biquíni, oco, boiando numa poça d'água. O cinturão de palha caído, inútil, ao redor de ninguém. O carro, pelo contrário, quase vivo. Um pula-pula dourado sobre rodas.

Me desvencilhei do cachorro e levantei com cuidado, tonto, a camiseta suja de vômito ainda quente. A estradinha parecia ter se transformado numa rampa oblíqua, uma pista de sabão, um ringue de gelo. Qualquer passo mais desastrado me derrubaria, me faria rolar ladeira abaixo, sem salvação, até a praia e um inevitável e vergonhoso afogamento. Devagar, tentando me amparar na atmosfera abafada do litoral, caminhei até o automóvel. Porta traseira aberta, dois dos gordos observavam com profundo interesse as atividades que seu irmão, o trigêmeo emotivo, promovia no banco de trás do opala. Ao perceberem que eu me aproximava, logo bloquearam minha passagem. Moleques imensos, eram os donos do playground.

— Ei, nada disso — protestou um.

— Nada disso mesmo, você não é da família — concordou o outro.

— Você não é da família, e é o último da fila.

— Você é o último da fila, e tem que respeitar a ordem.

Me recolhi, naturalmente.

— Tem que respeitar a ordem — o primeiro fez questão de esclarecer. — Você é o último, eu sou o segundo.

Aí, o irmão deixou de concordar.

— Não, eu sou o segundo, você é o terceiro e ele, o quarto — corrigiu.

— Nada disso. Ele é o quarto, você é o terceiro e eu, o segundo — tornou o primeiro.

Alguma coisa ia mal. Tentei descobrir o que estava acontecendo. Por sobre os ombros dos querelantes, consegui enxergar a ampla bunda do gordo da caveirinha, o líder natural daquela fraternidade. Nádegas horrendas, dois gomos pálidos e mofados de laranja. Um elefante-marinho a bufar no seco. Debaixo dele, nua e esbaforida, a caiçarinha esmagada, o corpinho frágil nas últimas, inteiramente besuntado de saliva e purpurina prateada, exceto as solas dos pés. Molhadas e encardidas, elas arranhavam o capô luxuoso do carro, duas patinhas convulsas, uma camundonga na ratoeira. Na boca da menina, atochado, o meião amarelo e preto a impedia de gritar. E nos olhos dela, cheios de pavor, a esperança de que eu fosse alguma espécie de herói mirim.

Os dois irmãos perdiam a compostura. Por conta da indefinição sobre quem seria o próximo a brincar, passaram a se peitar com certa violência, e não demorou muito até aquela disputa atingir níveis perigosos. Durante o empurra-empurra, um deles, desequilibrado, desabou em cima de mim. Ambos rolamos pela lama, ao lado do carro. O caubói se ergueu rapidamente, furiosíssimo. Já eu me mantive no chão, me sentindo muito mais seguro por ali. Rastejei dois ou três metros pra trás, de costas, sem desviar o olho daquelas feras. Durante a marcha à ré, ainda esbarrei na chaleirinha tosca dos trigêmeos, largada atrás de um dos pneus dianteiros do opala. Nenhuma gota da poção pra contar a história.

— Seu gordo filho duma puta — berrou o gordo que havia sido derrubado.

— Gordo filho duma puta é você — revidou o outro, demonstrando que ainda era capaz de se expressar com alguma coerência.

— Calem a boca, os dois — implorou o terceiro, sem fôlego, lá de cima da mocinha.

Os outros, porém, não o obedeciam. Estavam surdos. Humilhado, de roupinha suja, o primeiro ameaçou se vingar. E espetacularmente, não menos que isso.

— Cara, eu vou arrancar essa tua cabeça!

— Pois vem, vem e arranca — provocou o agressor, confiante.

— Vou arrancar a tua cabeça e sair chutando essa merda pela rua, eu juro!

— Quero ver arrancar!

Bem, é difícil descrever o que aconteceu depois disso. Custei a acreditar naquilo. Eu já duvidava do meu discernimento, é claro — e até hoje duvido do que vi. Mas o fato é que o cara que jurou arrancar a cabeça do irmão realmente cumpriu o prometido. Torceu ferozmente o pescoço do outro que, surpreendido e indefeso, desmoronou sobre o chão e a chaleira, afundando-a no barro sob as suas espáduas, uma torrente de sangue a regar uma das calotas do opala.

Dito e feito, portanto. Estava ali uma família desestruturada. E um cadáver sem cabeça — e sem chapéu. O acessório rolava pela rua, a descrever um triste semicírculo.

— Eu, eu sou o segundo — decretou o assassino, exaltado, erguendo seu troféu pela cabeleira.

Dentro do carro, prosseguiam as brincadeiras entre a guria e o outro babaca.

— Vamos parar com isso, os dois? — suplicou o gordo emotivo, incomodado pela desinteligência dos irmãos.

— Eu sou o segundo — insistia o matador.

Não sei. Aquilo me fez recuperar a lucidez, acho. Ou não. Ou talvez tenha me feito perder a noção de tudo, de vez. Ao menos senti que havia retomado o controle das pernas. Em um segundo, menos que isso, eu já estava de pé, estático, encantado pelo semblante vitorioso do fratricida. Aquele cara era mesmo admirável. Ainda segurando a cabeça decepada do irmão, lançou o olhar até a linha do horizonte. Sorriu ao descobrir o céu já absolutamente vermelho, a chuva morna no rosto, cada vez mais pesada, um princípio de temporal de gotas grandes, pingos de cobre fervendo sobre a nossa pele. Pois ele sorriu, sim, deu um grito de satisfação proclamando a sua imortalidade ou coisa parecida e, subitamente, atirou o crânio sangrento pra cima. E, enquanto aquela bola de couro, carne e cabelos subia e voltava a cair em sua direção, o gordo tomou um bom impulso, preparando a coxa canhota pra um chutaço. Não deu outra. Ele bateu um tiro de meta perfeito, lindo, um lance plástico, raro de se ver por aí. Catapultada, a cabeça do morto voou sobre a arrebentação, sumiu no espaço rumo à manhã que, enfim, nascia. Desapareceu em algum ponto cego no infinito, entre o sol, o mar e a tempestade.

E eu? Sei lá. Ordenei às minhas pernas que corressem, e elas não me decepcionaram. Fugiram em direção ao cobertor da noite, ao resto de madrugada que ainda cobria todo o oeste atrás de mim, aquele mundinho de escuridão de onde eu tinha saído, poucas horas antes, perfumado e bêbado, de braço com a minha nativinha inocente.

Corri de volta pra lá. O cachorro ruivo ao meu lado, a luz solar às minhas costas.

Ninguém

me segura, meu bem. Acordei com a disposição de um atleta paraolímpico. Corri descalço e sem roupa por todo o apartamento, as janelas da sala escancaradas. Um paraíso envidraçado, nosso oásis ergonômico, lembra? Decoramos tudo sozinhos. Com rigor, sem excessos, de acordo com a tua vontade. Perdi, sim, a batalha da cozinha. Os tijolos de vidro, admito, foram uma ótima escolha. A parede invisível, aquela luz de geleira. Você está de parabéns. Ficou mesmo lindo.

Também adoro nossa cafeteira italiana. Tão charmosa. A cara da dona, eu diria, se fosse um ignorante. Você acertou na compra: ela sempre nos foi muito útil. E é resistente, ainda vai durar muitos anos, aproveite. Eu aproveitei. Tanto que, hoje cedo, ao ligar a maquininha, já me senti um pouco nostálgico, saudoso de tudo.

Difícil me ver assim, sentimental. Ainda mais com a fome que sempre sinto quando acordo. Fome negra. Até matei aquele salame polonês que você trouxe da Feira das Nações. Comi tudo, ao som da água fervendo, do café pingando na jarra suada. Adoro o vapor. Adoro o chiado dos eletrodomésticos. Adoro embutidos. São coisas boas que a vida nos oferece. A vida em si é boa, ninguém precisa me convencer disso. Meu problema é outro. É nosso. Nada relacionado com comida, meu doce.

Mas comi bem, como sempre comi. Mastiguei de boca aberta, sim, daquele jeito que você sempre critica. Eu estava distraído. Me olhando na porta espelhada da geladeira. Meu reflexo seminu parecia o de um macaco espantoso, esguio. E aquilo me chateou um pouco. O Narciso sinuoso ali, brilhando. Eu, metálico e barbudo, descabelado, mas ainda apresentável. Me desperdicei, não nego. Nos desperdicei, você vai enfatizar. É o que vai dizer aos outros no futuro — amanhã mesmo, aposto.

Engraçado. Até parece que faz dias que não nos falamos.

Meu banheiro ainda deve estar úmido, vá checar. O maldito patchuli dominando tudo, minhas unhas no assoalho. Experimente o piso, a toalha esticada: tudo molhado. Sei, sei que é estranho.

Ah, adeus. Meu toalete privativo, meu éden azulejado, adeus.

Há quanto tempo você não entra no meu banheiro? Nem sabe das novidades. Mandei reformar, você nem notou. Troquei a fórmica do balcão. Botei um tampo de madeira clarinha, cem vezes mais elegante, impermeabilizado por camadas bem finas de verniz náutico. A pia ficou deslumbrante. Mas de que adiantou? Você nem viu. Dê uma olhada no meu banheiro, mais tarde. Dê, se tiver coragem. É onde meu fantasma vai baixar, todas as noites.

Também mijei sentado, hoje cedo. Como sempre. Sinal de indolência, você diria. Descaso com minha própria masculinidade. A infância que não me larga, o menino frágil, enojado das coisas da vida. Pode ser. Não ligo para o que você acha. Os teus diagnósticos não me interessam mais.

Não me importo com quase nada. Nunca me importei. Hoje, por exemplo, decidi que nem faria a barba. Não sei por que, apenas não fiz. Só não resisti às carícias do meu banho quentinho de quarenta minutos. Frescura minha, não? Mas não te incomodei, você deve ter reparado. Hoje não: tomei o cuidado de não cantar no box, minha melhor mania. Abri mão do meu toque de alvorada, da minha canção de todas as manhãs. Você nunca se interessou por ela, não? Me magoou, viu? Nunca perguntou o que era. Pois hoje eu te conto: era uma modinha do Carlos Gomes. Uma modinha que, em respeito ao teu sono, deixei de cantar, hoje cedo.

Já eram oito e meia quando entrei no nosso quarto, bem quieto. Você nem percebeu. Fui dar uma última olhada na bela adormecida, nas últimas curvas agradáveis do teu corpo. Mas você estava coberta, o efeito não foi o mesmo. Mais uma decepção para a nossa lista.

Resgatei algumas coisas no *closet*, saí com as roupas emboladas no colo. E você dormindo, minha jiboia, numa boa. Nem se mexeu, soterrada pelo edredom de penas de ganso. Achei um exagero, não estava tão frio assim. Deve ter acordado depois do meio-dia, acertei?

Mas vou pegar leve, meu bem. Não quero reclamar demais. Apenas na medida do necessário. Antes de te conhecer, tudo ia muito mal para mim. Só que eu achava que iria melhorar. Sério. Acreditava nisso. E talvez até tenha melhorado um pouco. Mas a que preço?

Você é uma chata, Marion.

Um cadáver semianimado. Nunca estava aqui e nunca me deixava sozinho. Nunca esteve e nunca me deixou. Não está e não me deixa.

Chata. Com que isca eu podia te apanhar?

Sim, eu sei que há coisas de que você gosta, que te dão prazer.

Sei que você gosta de saldar as dívidas que eu faço. Nunca vi mal nisso, claro. Também sei que você sempre gostou de me vestir conforme o teu bom gosto. Você adora roupas, não é nenhuma extravagância da tua parte. Mas sempre alimentou o mais absoluto desdém pelo meu corpo ou pelo corpo de qualquer outra criatura despida.

Só peço que me perdoe. Posso estar sendo injusto com você, eu sei. Você sempre foi decente em relação à tua frigidez. Desde a universidade. Desde quando a gente ainda namorava. Foi a princípio austera e posteriormente passiva. Me desculpe, mas tenho que registrar isso, sem piedade.

Foi duro, você sabe. No começo, eu tinha dificuldades até para descruzar os teus bracinhos no sofá. Eu fui um guerreiro, meu bem. Eu poderia ter recuado. Mas demonstrei coragem. Perseverei. E você? Nem bebida nem maconha te relaxavam. Você era assustadora, Marion. Assustadora. E eu te enfrentei. Ah, você resistia como uma amazona de pedra.

E me pedia paciência, lembra? Eu tive, não tive? Ou melhor, fingi que tinha. Tive mesmo foi dó. Lembra de todas as vezes em que você me pediu perdão por ser desanimada? Eu te desculpava sempre, compreensivo demais. Hoje, ambos pagamos pela minha tolerância. Você, em dinheiro.

De certa forma, o culpado fui eu. Acreditei no sonho de uma união pacífica e terapêutica, de um casamento estético. Mas, no fundo, de que adianta ser um casal bonito? Porque é isso que nós fomos, não?

Sim, só isso, só um casal bonito.

Você nunca me provocou ciúme algum, essa é a verdade. Você nunca olhou para outro homem. Nem percebia quando a olhavam. Simplesmente estava sempre pensando em outra coisa. Talvez nas fazendas do teu pai, que tanto nos encantavam. Lembra da vista do helicóptero? O pasto salpicado de vacas brancas em fuga, as flores graúdas, os cupinzeiros duros, tumores na terra vermelha.

Quer saber qual é o problema, Marion? Ser amado por uma menina linda, rica, casta e complacente deveria ser ótimo. Mas não é. Não foi. Na real, castidade e complacência são sintomas atemporais de maluquice. A Idade Média estava cheia de santas da tua laia.

Você me aborrece, não vou mentir. Já menti demais.

Eu passei esses últimos três meses trancado em casa. Pintando, não é mesmo? Não. Não pintei nada. Não estava trabalhando na minha nova exposição. Surpresa? Pode averiguar, pode vasculhar meu ateliê, a chave está na mesa da cozinha. Veja lá, corra: você não vai encontrar uma tela que preste. Nada. Passei três meses dormindo, à tarde. Ressonando lá dentro. Só saía para buscar cervejas no freezer. Você nunca estava em casa para me ver vadiando. Uma pena. Nunca me viu invadir a área de serviço de cueca, polvilhado de tinta, a cavalo numa vassoura. Eu apavorava a psicótica da Cristiana. Ela protestava, aos berros. E depois ria, ria. Uma louca, pior que você. Eu agarrava ela por trás, arrancava a sua touca com os dentes. Eu lambuzava aqueles babados, atirava seus chinelos pela sacada. Manchava de roxo, verde e laranja o preto-e-branco do uniforme dela. De propósito. Você nunca notou? Os dedos coloridos no avental da moça? Se fez de cega, a vida toda.

Quer saber? Se deixassem, eu desfilaria de cueca suja por todo o condomínio. Sempre gostei do calor, sempre relacionei a sua chegada anual ao revigoramento do meu bem-estar mental e físico. Sempre gostei de andar imundo, pelado. Mas você me traumatizou, Marion. Falou mal das minhas pernas finas. Zombou do meu peito fundo. Você, que sempre abominou os dias quentes, parida dos bafos pantanosos do sertão, sob o signo da cobra. Esnobe da selva, você. Filha do brejo, cria ruiva de uma capivara.

A eterna recusa a usar saias e sandálias. Infeliz, nunca mostrou os pés e as canelas em público. Grudenta demais para se perfumar? Muito suada para trepar comigo? E quem é que aguenta uma mulher que toma três, quatro banhos diários? Pelo menos, você me diria, a tua higiene nunca foi medieval. Conheço o teu humor. Mas de que adianta tanta água, tanto sabonete, meu bem? Termina de se enxugar e já está suada de novo. Ah, a ineficiência das toalhas baratas, a arbitrariedade das translações da Terra. As estações do ano, os ventos que vêm do mar, as frentes que vêm do sul, os veranicos de maio, as inversões térmicas, as chuvas de granizo, os redemoinhos de pó. Que inverno glacial vai deter as tuas glândulas? Por que você não se arremessa no espaço, por que não vai morrer em Netuno? Por que não se deita numa tumba de criogênio?

Pior foi anteontem de madrugada, Marion.

Você acordou gritando. Ensopada, minha sucuri. Eram quatro horas. No banheiro da suíte, você chorou alto debaixo da ducha. Foi um saco. Voltou em quinze minutos, nervosa, cheirando a lanolina. Vestia uma camisola nova — eu sei, sempre reparo em você. Se sentou na cama, querendo conforto ou conversa. Fez tudo isso e nem sabe que fez.

Me disse que havia sido vítima de uma alucinação pirética. Tinha algo a ver com os teus poros. Cada um deles, um poço transbordante de óleo fervendo. Um ácaro, eu marchava pelo deserto da tua pele, entre crateras descobertas. Um planeta imenso, vulcânico, você. Eu saltitava e atirava pequenas moedas de ouro naquelas tuas fendas e falhas abertas, nas fogueiras acesas pelo descampado do teu corpo; eu dançava ali, saltava e emitia um tipo semiarticulado de balido cuja tradução se perdera durante o banho. O sonho, então, se tornava nebuloso, mas uma mudança inesperada de cenário devolvia a ele uma sequência lógica.

De repente, você se via, a si própria, limpa e seca, estirada sobre um estrado. Você, Marion, dura, uma tábua recém-saída da serraria. A Cristiana te abanava com a asa de um avestruz; varejeiras te vigiavam, empoleiradas na corrente do lustre. Você dormia nua sobre um colchão sem lençóis, as mãos sem joias cruzadas sobre os seios pequenos, o púbis sem pelos à mostra. Sem aviso, eu aparecia de novo, furtivo, no quarto iluminado. Uma luz leitosa nos lavava, chapava as paredes de gelo da nossa casa.

As moedinhas no meu bolso, tilintando.

Ao pé da cama, duas patas peludas pousaram no meu tórax. Era a Cristiana, cadela atenta, mal domesticada, me barrando a passagem, me intimando.

— O que você prefere, cara: a necrofilia ou o celibato?

Frente àquele dilema, eu balia. Apenas balia, cheio de dor. E tudo se sublimava, em meio a vapores suspeitos.

Você tentou decifrar o sonho, sabe? Somente a morte poderia cessar a produção de suor no teu corpo, a morte seria a ausência de umidade, me garantiu. Absurda, absurda. Só quando vi que você vestia não mais a camisola, mas o uniforme da empregada, fosforescente de tintas, percebi que era eu quem estava sonhando.

Sorri e segurei os teus pulsos.

— Você é louca — eu te disse.

E aquilo foi uma libertação, meu doce.

— Deve ter ocorrido algum caso grave de sífilis na tua família.

A sífilis era muito comum entre os pecuaristas de antigamente, sabia? O próprio Sífilo era um pastor, assim como o teu pai e o teu deus são pastores.

Novos gases surgiam e, sem mais, encerravam meu sonho.

Eu nunca havia me sentido tão livre, Marion. Todas aquelas discussões a respeito da interpretação dos sonhos, sabe? Quanta inocência, quanta arrogância a nossa.

O sonho, meu bem, é o terreno baldio das nossas vontades. É o lixão das liberdades pessoais. É o berço dos vira-latas, o motel dos urubus.

Eu não te amo. Nunca amei. Apenas fui com a tua cara. Depois deste café gostoso, me mato. Tchau.

•

Você venceu, cara. O que me faltava era diversão. Você passou anos me cobrando aventuras, lembra? Me pedindo constância e coragem. Bom, de certa forma, você estava certo, eu sei. Mas não totalmente. Porque você subestimou as minhas carências. Eu, pobre de alegrias? É isso mesmo que você pensa? Que a felicidade é a nossa maior riqueza? Pois eu te acho um humilde, meu camarada. Nada mais que um humilde. Coitado daquele que carece só de divertimento, Décio. Esse, sim, é um louco: quer fazer do nosso vale de lágrimas o seu parque aquático.

Pois classificar os meus problemas demanda alguma especialização. Não pense que é para o teu bico. É fácil dar palpites, planejar o futuro — principalmente o futuro dos outros. Mas eu te entendo. Você sempre esteve aqui, do meu lado, ouvindo as minhas arengas. Não esteve? Acabou se achando no direito de se meter comigo. Agora aguente.

Veja bem, eu não estou reclamando. Nunca me queixei de você. Não de barriga cheia. E eu até que fui longe. Consegui montar a minha exposição, por exemplo. Graças a você e a Marion, é o que todo mundo acha, é o que vivem me dizendo. E é verdade, não posso negar. Vocês sempre foram bons conselheiros, bons motivadores. Você, o meu braço direito, a minha musculatura. Ela, a minha tesoureira, o meu iglu.

Mas quanto sangue frio, cara, quantos cálculos e cuidados. Quanta experiência e quanto desperdício. Você sempre soube o que fazer, como agir, a quem recorrer. Sempre antecipou tudo. Ao teu lado, nunca fui pego desprevenido. Mas de onde viria esse teu poder divinatório, meu xamã? Você é mesmo um mistério, Décio, um animal iluminado.

Como você previu, minha vernissage foi um sucesso. Minha insegurança só nos fez perder tempo. Foram quantas as minhas noites de choro e de conversa mole? Você contou? Eu sim: seis meses de cantilenas, de chatices gratuitas. No fim das contas, era tudo bobagem minha. Todo mundo apareceu. Todos beberam do meu vinho, comeram meus canapés. Todos elogiaram o meu trabalho. Todos me abraçaram e beijaram.

Menos você.

Não que eu tenha ficado surpreso com a tua ausência. Apenas levemente contrariado. Para mim, aquilo foi uma derrota histórica. Perdi, eu sei. E nunca gostei de perder. Te perdi e, admito, você ganhou.

Você, que sequer disputou comigo.

Sei que você não gosta das coisas que eu faço, que sempre desaprovou minhas escolhas. Você sempre foi mais honesto, mais íntegro que os outros caras. Desde criança, Décio. Você nunca me engoliu. Nunca engoliu minha pintura suja, minha pincelada frenética. Sempre evitou olhar diretamente para os meus desenhos. Nunca percorreu, a pé, qualquer uma das minhas instalações. Nunca examinou nenhuma das minhas telas por mais de dez segundos. E você estava certo. Com isso, você preservava nossa amizade. Não perdeu tempo com aquela tralha. Eram esboços de nada, estruturas falidas. Carvão e óleo, madeira e ferro a serviço da farsa, da afronta.

Para você, eu sempre fui um idiota querido. O companheiro lamentável. Quantas vezes precisei do teu socorro? Lembra de quando caí da mimoseira gigante, no jardim da tua avó? Você me escorou até o posto de saúde, teu ombro e meu sovaco encaixados, um abraço perfeito. Quando me acidentei na tua bicicleta, você nem se incomodou com os pedais tortos, o guidão destruído, o dinheiro gasto no conserto. Nunca me cobrou. Quando vomitei no nosso primeiro baile de carnaval, você passou a noite comigo, do lado de fora do clube. Lá dentro, todas aquelas gurias te esperavam, debutantes quase nuas, vestindo apenas miçangas, biquínis, serpentinas derretidas. Lembra? Vimos o sol nascer na praia, juntos. Eu não podia caminhar, eu não conseguia endireitar meu corpo, meu abdome rígido, inchado de gases, o fígado intumescido. Pois eu e você deixamos o carnaval passar, a festa morrer, a minha cólica e o mar rugindo entre a gente. Eu te disse que estava enjoado, que precisava de ar puro. E você não acendeu um cigarro. Nosso maço amanheceu lacrado no bolso da tua bermuda.

Atrapalhei teus planos e tuas conquistas, não? Quantas vezes você perdeu no futebol porque eu estava no teu time? Mesmo assim, nunca deixou de me escolher para a tua zaga. Nunca me sentei no banquinho de cimento da cancha de areia, lugar cativo das meninas, dos veadinhos. Quantas vezes foi meu parceiro de baralho, você, a metade furiosa de uma dupla perdedora? Quantas vezes deixou de ganhar na sinuca graças à minha falta de coordenação motora, à minha pouca inclinação para a disputa? Quantas bolas brancas me viu derrubar, resignado?

Você fez de tudo por mim, não? Até parece que me protegeu de algum perigo. Você, meu campo magnético, minha santa redoma, me pôs a salvo de quê? De que feras me isolou? Ah, a vida toda você assobiou a melodia errada. Porque fui eu quem te pôs numa gaiola, quem te pendurou num galho florido de goiabeira. Duvida de mim? Pois diga: quem mais te ouviu cantar, curió? Só eu, Décio, só eu e mais ninguém.

Pense na tua vida sem a minha. Você não consegue. Você não a vê, ela não existe. Porque a tua vida sempre foi a piedade que sentiu de mim. A dor de me ver desamparado.

Quer um presente, cara? Hoje, te libero dessa carga. Hoje, teu fardo fica mais leve. E você? Vai sentir saudade do meu peso? Do sagui que te mordia a nuca? Da bola de chumbo no teu tornozelo? Minta para mim, pode mentir, língua de caramelo. Não me importo mais. E, francamente, espero que você tenha tirado algum proveito da nossa convivência, da companhia que te fiz. Porque vou te dizer, meu amigo: você nunca foi grande coisa.

Me desculpe. Mas tenho verdades a registrar.

Gostar de você foi, sim, a minha maior fraqueza. Eu me sacrifiquei por você. Sem mim, sem a minha fragilidade, você nunca teria a quem se comparar e sair vitorioso. Eu fui a tua referência abaixo da média. A pedra de toque que melhor serviu à tua ilusão de poder e fortaleza, que melhor escondeu a tua insuficiência. Amigos servem para isso, Décio. Eu sou teu amigo. Eu fui teu amigo. Para te dar a vitória, me tornei, eu mesmo, o derrotado. Deixei de lutar, meu cavaleiro, para te manter comigo, para me manter contigo, sempre. Errei, quem sabe? Pode ser. Hoje, vejo as coisas de outro ângulo. Sei que você nunca me deixou. Mas, na real? Você nunca esteve aqui.

Estamos quites, portanto. Vivemos assim, pau a pau.

Não peço que me agradeça. Nem mesmo por toda a emoção que te proporcionei. Eu não mereço. Ninguém aqui merece nada.

Quer saber? Acho que tudo que fiz por você, pela Marion e por mim mesmo foi um pouco inútil. Não sou sequer um artista talentoso. Não *fui* um artista talentoso — já me corrijo, como se estivesse escrevendo da posteridade, do século que vem. Ridículo, não? Daqui a cem anos, ninguém vai saber da minha vida. Da tua, muito menos. Ninguém vai querer saber da gente. Minha arte não vai sobreviver nem ressuscitar. Sempre foi uma ofensa, sempre foi o fingimento. Uma imitação daquilo que eu, um dia, imaginei que existisse de bom na humanidade. Um sonho parodiado. A caricatura de um desejo. O retrato de um poço envenenado.

Ah, as minhas ambições também sempre foram modestas, Décio. Essa é a verdade. Desculpe se isso te decepciona.

Quem te mandou ter fé em mim, apostar no meu azarão? Eu te pedi isso, por acaso? Sugeri algo parecido? Nunca te disse antes, mas sempre quis abandonar tudo. Sempre quis ser funcionário de uma loja de cosméticos, sempre quis morrer jovem sobre um balcão de bijuterias furta-cor, vender tapeçaria persa, milagres ortopédicos, colares de ametista e processadores de alimento, comandar leilões na televisão, de colete e gravata borboleta, apitar jogos de vôlei. Adoro cores e bichos. Adoro transparências e luzes. Adoro o escuro e a lua cheia. Adoro dormir. São coisas boas que a vida nos oferece. Você não precisa me lembrar de que elas existem. Eu nunca deixei de desejar a simplicidade.

Também adoro as pessoas, todas elas. Seria muito bom ter convivido com gente de verdade, autêntica, vulgar. Não pude fazer isso, você sabe. Nunca levei jeito para a vida comum, puramente social ou biológica. Não tive filhos nem filhas. Apenas imaginei uma descendência brilhante, sonhei com ela todas as noites da minha vida. Mas imaginar não é conceber. Sonhar é o oposto de agir. Não que eu veja algo de errado nisso. Muito pelo contrário.

Aliás, quero te contar que tive um sonho.

Anteontem, uma mulher linda, muito branca e muito forte, acordou na minha cama. A Marion tinha sumido, sem explicações. E aquela moça havia tomado o lugar dela. Ombros largos, asas mal tatuadas nas costas. Um anjo, claro. A imagem é óbvia. Mas era uma espécie suburbana de anjo. Um querubim desarmado, carnavalesco. Cada pena de suas asas tinha uma cor diferente; e cada asa, cinco mil penas pontudas, algumas em forma de facas, outras em forma de espadas.

Ela se sentou sobre as pernas cruzadas, a coluna reta, os cabelos pretos, curtos, penteados para trás. Mãos e dedos longos, sem anéis, os braços de esqueleto para o alto. Se espreguiçava, estralando os ossos. Arranhou o teto com as suas unhas de diamante. Ferido, o forro se desfez em lascas de tinta fosca, fagulhas prateadas. Eu me sentia muito pequeno naquela cena, vulnerável, pronto para ser pulverizado. Ou acalentado. Eu, um inseto. Ou uma criança de colo.

Decidi acender a luz e desfazer de uma vez a ilusão. Busquei o interruptor e, na minha cabeceira, encontrei somente um velho abajur, que pertencera à minha mãe. Simplesmente surgira ali, uma planta germinada à toa, ao acaso, na madeira nobre do criado-mudo.

Era um abajur grotesco, cafona. Lembra dele? Um anjo nu, de mármore, enrolado em duas guirlandas de rosas brancas? Ele se espichava para o céu, na ponta dos pés, as costas e a bunda bem à mostra, o lombo de felino alongado, as mãozinhas nervosas na tentativa de tocar a lâmpada sobre elas, a cúpula de penduricalhos cintilantes. O anjo era um menino — uma menina? — ainda muito jovem. Você lembra, sim. Passava horas acariciando aquele anjo de pedra, um gato irresistível ao teu alcance, teu brinquedo proibido.

Surpreso, não acendi a luz. Apenas toquei, como você tocava, o corpo gelado da estatueta. Uma sensação mortificante de frio logo me arrepiou os dedos. Ao meu toque, a cúpula do abajur faiscou e, em dois segundos, incendiou-se completamente.

O fogo me acordou. O calor sempre me acorda.

Quer saber? Pena eu nunca ter sonhado com você, Décio. Isso, sim, teria sido divertido.

Mas encerro, enfim, a tua carta de alforria. O teu melhor presente de aniversário. Parabéns, meu amigo. Me sacrifico no teu dia votivo.

Te amo, *pomba innocente*. Tchau.

lombo humano. Feminino. Saudável. Meio que dançando, cruza o quarto devagar. Olha: rebola na minha direção. Só pra mim. Lá vem a Leandra. Vem com tudo. E eu, na cama, cansado antes da hora. Espantosamente pelado. Mas prudente, ainda coberto por um lençol. Sem dúvida recém-lavado. Não muito bonito ou elegante, na verdade. Mas limpo. O lençol. Estampado com flores amareladas. Lírios, eu acho.

E há lírios amarelos? Será que dão em cacho? Ou na ponta de um caule curvo, ereto e verde? São às vezes amarelos, ou serão sempre brancos? Desde pequeno eu confundo: lírio e copo-de-leite — o último, a flor predileta da minha mãe. Acho que me lembro disso. Acho que me lembro — dela e das coisas dela.

Na verdade, não entendo nada de flores. Há rosas de vários tipos — brancas, vermelhas, amarelas —, disso eu sei, sempre soube. E diz que existe uma bem difícil de encontrar, azulada, fulgurante de cristais de gelo. Vi num filme, ainda criança: ela só dava no Oriente, no pico de uma montanha distante, encantada, num ninho de neve, no colo de um tufão. Até poderes mágicos ela tinha. E os cedia, assim como fazem as mulheres, de muito bom grado, aos corajosos que a colhessem e levassem dali para longe.

Margaridas, em geral, são brancas. Cravos são vermelhos e são brancos. Girassóis são amarelos. Mas, e as orquídeas, por exemplo? Sei que são parasitas. E, mesmo assim, sei que algumas são bem valiosas. Mas de que cor, de quantas cores seriam? E eu saberia reconhecer uma orquídea se visse alguma? Duvido. Parasitas de valor — interessante paradoxo. Flores, dinheiro. E o que se leva, desta vida, no estofado do caixão? Uma orquídea rara, imortal, é que não pode ser. Para se entrar no céu, há que se extrair dentes de ouro, evitar alfinetes perolados na gravata. Nem lama no sapato se permite. É o que dizem.

Sobre begônias, camélias, gardênias, hortênsias, sempre-vivas, bocas-de-leão e crisântemos, sou incapaz de dizer qualquer coisa. Lacuna total. Também: há quanto tempo não entro numa floricultura? Tomasse vergonha na cara, comprasse uma florzinha de vez em quando. Pra Leandra. Quer motivo melhor?

E como seria uma tulipa? E uma papoula? Sabe Deus.

Eu não sei, não digo nada. Nem preciso. Muito já se disse e se estudou sobre as flores. Muito já se escreveu sobre elas. Não só em tratados científicos, em livros de botânica. Nos romances e nos poemas, também. Os escritores de antigamente descreviam jardins com extrema precisão. Ou pelo menos nos enganavam muito bem. Veja os caramanchões cobertos de trepadeiras, as estradas ladeadas por ciprestes, as carruagens que atravessavam campos repletos de faias. Faias? Nunca consegui visualizar sequer metade das plantas catalogadas pelos poetas e pelos romancistas. Faias são flores? Ou árvores? Como é um jacarandá? E um carvalho? Não reconhecer um carvalho é um sinal de ignorância? Sei diferenciar um pato de um ganso, mas não um carvalho de um jacarandá. Sou um ignorante?

De qualquer forma, tenho quase certeza de que as flores amarelinhas no lençol da Leandra são lírios. Mas o melhor a fazer é perguntar a ela. Leandra Áurea, a dos lençóis limpos estampados de flores.

Mais tarde, é claro. Perguntar, só mais tarde. Só não posso me esquecer de perguntar. Depois. Agora, não. Agora ela está ali, olhe, relembre, reviva: rebolando, na minha direção, o lombo sadio, veja. Olhe ela, ali. Querendo encrencas.

Concentração, concentração: primeiro, acalmar a fera; depois, perguntar sobre os lírios.

Ou não. Ou não perguntar nada. Mais nada. Nunca mais perguntar nada. Nunca mais uma pergunta.

Nunca mais uma pergunta.

Nunca mais uma pergunta.

O paraíso: nunca mais uma pergunta.

Saber é melhor que perguntar. Não saber é melhor que perguntar. Não saber perguntar deve ser melhor ainda.

Só sei de uma coisa: as mulheres gostam de flores. Isso pode até parecer um lugar-comum. Mas para quem é que se estampam os lençóis floridos?

Eu sei. Estou por dentro dessas paradas.

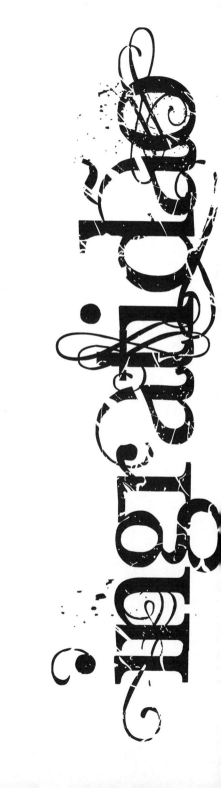

cuidou de mim por quinze anos, gerou e criou meus dois filhos, perdeu o terceiro no parto, me preparou cinco mil almoços, coou todos os cafés que bebi, lavou minhas roupas na mão e meu corpo durante a febre, suportou quatro surras até me afastar da bebida, lutou comigo contra o câncer e a maledicência dos que me chamavam de inconstante, mas bastou um sorriso teu, só um, pra eu desejar que ela estivesse morta.

 os copépodas, há três fêmeas para cada macho. Entre os humanos, parece haver um desanimador empate técnico. No Brasil, por exemplo, são noventa e seis homens para cada cem mulheres. Dados oficiais, nada confortadores. Mas nem tudo está perdido. Uma vez, me mostraram estatísticas bem diferentes: nosso país possuiria um contingente médio de dois milhões e meio de mulheres que nunca teriam ou que já teriam perdido o seu parceiro sexual fixo. Soa melhor, não soa? Nos faz ver as coisas sob luzes mais alegres. No Paraná, sobrariam, aos incompetentes, quase noventa mil solitárias. Sessenta e cinco mil só em Curitiba. Possivelmente viúvas. Dezenas de milhares de viúvas.

Já as dez mil espécies conhecidas de copépodas levam uma vida bem menos opressiva que a nossa. Cem mil indivíduos podem dividir, sem maiores tumultos, um único metro quadrado de areia molhada. São pacatos e aparentemente insignificantes. Ninguém os vê. Mas, no fundo, constituem um elo de grande importância dentro da cadeia alimentar dos mares. Pelo menos é o que apregoavam os cartazes afixados na entrada do restaurante Belacqua. Estudando aqueles esquemas, ficava bem fácil de entender: os copépodas comiam as microalgas, ricas em ácidos graxos, altamente nutritivos; os camarões faziam dos copépodas a base da sua dieta; e os biólogos marinhos simplesmente adoravam camarões. Portanto, se dependesse de cento e dezesseis das maiores autoridades mundiais em zooplâncton — reunidas na cidade para o 5.º Congresso Internacional dos Estudiosos de Copépodas —, nenhum croquete veria o sol nascer. Eram cento e dezesseis especialistas em crustáceos milimétricos, cento e dezesseis cientistas famintos e eufóricos. Soltos num restaurante bem longe de casa.

My little boat! Play it!, gritou um deles. My little boat!

Foi aplaudido entusiasticamente pelos seus conterrâneos norte-americanos.

Yeah, yeah!, gritaram todos.

Ok, prometi. *Oll korrect*, bossa nova para os gringos. Acenei: thumbs up.

We want *her* to sing the little boat for *us*!, berrou alguém, com sotaque germânico. *Her,* understand? *She*! For *us*!

Ok, she, her. Cris Costa. La Chanteuse. Se fosse preciso, ela mataria por um europeu.

Cris dirigiu ao admirador alemão o mais fatal dos seus rapapés. E mostrou, ao galego, dois dedinhos.

Two sílabas, explicou ela, sorridente.

Esticando o braço direito em câmera lenta, mirou o indicador no peito largo de sua vítima. Suavemente, tilintando, vinte pulseiras prateadas deslizaram pelo seu antebraço, do cotovelo ao punho. Em silêncio, bem devagarinho, para facilitar a compreensão da mímica, a cantora apenas torceu os lábios: "For you".

O homenageado corou ao decifrar aquela dedicatória muda. Mas seu corpo assobiou de emoção, sabe Deus por quantos orifícios. Foi até cumprimentado pelos colegas. E quem não assobiaria para Cris Costa? Linda, saudável e sinuosa. Porém maneirista. Pouco inteligente. Não raro desafinada. Na verdade, insuportável. Mas quem ligava? Sua presença no palco tornava inaudíveis quaisquer acordes sobre os quais não estivesse cantando. E nós éramos a sua bandinha microscópica. Uma comunidade de copépodas numa praia lotada. Quem nos notaria?

Um vestido preto e justo expunha as pernas de Cris até a metade das coxas. E ela nos brindava com um decote amazônico. Sem piedade, o frio arrepiava seus braços e seus ombros. Azulava sua pele clarinha, a cobria de pipocas. Cris nem se alterava. Realmente dava duro. Era uma profissional. Nunca usaria calças compridas. Pantalonas? Cantar de blusa ou de blazer? Nem sob tortura. Do meu banquinho, eu podia contar, um por um, os pelos que se eriçavam no seu pescoço. Mas lá do chão, do meio das mesas, não havia cientista que não visse nela somente aquilo que desejava ver: uma diva tropical.

Cris Costa, La Chanteuse, se virou para nós e, com um movimento sutil da cabecinha, pediu que tocássemos a canção solicitada. My little boat. Ah, predadora.

Mandamos a introdução no piloto automático. Ela esperou quatro compassos até se aproximar do microfone. Fechou os olhos. Chicoteou as espáduas de nadadora com a cabeleira morena. Sempre sorrindo.

My little boat is like a note, bouncin' merrily along, hear it splashing up a song...

In English? Inovou. Estava investindo.

The sails are white, the sky is bright...

Vi Orlando prestes a enfartar sobre a bateria. Engolia os beiços para não rir. Plínio meteu os dentes no bigode e deu as costas para o público. Abaixou a cabeça e encostou o cavanhaque no contrabaixo.

Headin' out into the blue with a crew of only two...

O salão do Belacqua era um espetáculo à parte. Biólogos de turbante, de bata, de túnica, de suspensório, de terno e gravata, de paletó de lã, couro nos cotovelos remendados. Brancos, negros e orientais. Árabes. Angolanos. Australianos. Todos chacoalhantes e parcialmente embriagados, pescoceando, procurando com quem dançar.

Where we could share love's salty air, on a little paradise that's afloat...

Havia ali pouco mais de uma dúzia de mulheres. Pelo visto, os copépodas não eram animais muito glamourosos.

Not a care have we in my little boat...

Quatro casais se arriscaram numa coreografia bizarra, o que causou sensação entre os demais congressistas.

The wind is still, we feel the thrill of a voyage heavenbound, though we only drift around...

Ah, o palco. É incrível como, sobre ele, podíamos tocar, falar e cantar qualquer coisa, completamente alheios a ela, sem prejudicar o seu efeito catártico sobre a plateia.

Warmed by the sun, two hearts as one, beating in enchanted bliss, melting in each other's kiss...

No fim, sempre dava certo. Lá embaixo, uma felicidade verdadeira tomava conta de tudo.

It's goodbye to my little boat of love...

Mais tarde, depois do show, tive dificuldades para jantar. Vi o alemão babando no colo de Cris, numa mesa próxima. E ela estava bem alegrinha. Conseguia tudo que queria, aquela diaba. E tudo bem. Nada contra. Não sou santo para reclamar.

Sete ou oito anos antes, ocorrera entre nós um incidente bastante infeliz. Era verão e, desde o final de dezembro, Curitiba se tornara uma cidade fantasma, um péssimo lugar para músicos fuleiros como a gente. Decidimos, então, passar o restante da temporada no litoral. Descemos a serra e, em Ipanema, acabamos contratados pelo dono de um buraco chamado Ponta-de-lança. Cris tinha uns dezessete anos. No máximo. Só sei que já era um tesão. Mas muito novinha. Tanto que, sempre que viajávamos, eu tinha que negociar longamente com seu pai. Apenas para preservar a cordialidade entre nós. Uma questão básica de respeito pelo velho. Assim, ele nunca nos impunha qualquer restrição. No fundo, era muito boa gente.

No Ponta-de-lança, fomos muito mal instalados num puxadinho infecto, erguido por algum maníaco nos fundos do botecão. O lugar era uma merda monumental, mas tinha banheiro próprio e água quente. Do chuveiro, era possível enxergar uma nesga de mar poluída pelo esgoto aberto que cortava a quadra ao meio e empestava o ar de todo o balneário. Só contávamos com um quarto, dividido em dois por uma placa de compensado lilás, improvisada à guisa de parede, muito fina e cambaleante. De um lado, uma cama de casal. Do outro, um beliche.

Orlando já era casado. E Plínio, noivo de alguém que esperava vê-lo, um dia, de volta a Francisco Beltrão. Para se prevenirem de quaisquer complicações sensuais, os dois decidiram dormir juntos. Para mim, estava excelente.

Cris e eu ficamos com o beliche. Ela em cima, eu embaixo. Durante um mês e meio, vi aquela menina subir e descer a escadinha ao lado da minha cabeceira. De biquíni, de minissaia, de shortinho. Durante seis semanas, me comportei como um beato.

Até o grito de carnaval.

Nunca havíamos feito nada semelhante. Só paramos de tocar às cinco e meia da manhã de sábado. Os quatro num estado deplorável. Um pouco bêbados, mas excitados demais para conseguir descansar. Como ninguém queria dormir, Orlando sugeriu que roubássemos umas cervejas do bar, enchêssemos um isopor e fôssemos beber na praia. No caminho, ainda compramos dois litros de batida de maracujá. A ideia era tomar um porre tão poderoso que nos pusesse a nocaute. Tentaríamos permanecer inconscientes até as sete da noite, evitando que o calor e o mau cheiro da tarde em Ipanema nos perturbassem o sono diurno. Só assim aguentaríamos a segunda madrugada de pagode no Ponta-de-lança.

O dia amanheceu nublado. Uma ventania filha da puta levantava a areia. Aproveitando-se do pouco movimento, um bando de urubus passeava pela beira-mar, cheios de graça e civilidade. Na falta do que fazer, resolvemos bombardeá-los com cocos e garrafas vazias. De repente, Cris achou que, apesar do friozinho, seria uma boa pedida fumar maconha dentro da água. Acendeu um baseado, prendeu-o entre os dentes e começou a tirar a roupa. Ficou só de calcinha e sutiã. Nunca me esqueço: a calcinha branca e o sutiã vermelho. Correu para o mar e ficou por lá, dançando com o oceano pela cintura, uma saia de espuma suja, rindo e rodando e soprando fumaça para o céu. Nós três continuamos na areia, entre os urubus e os cachorros, todos interditos, músicos, guapecas e pássaros, suspensos no tempo, apreciando os pulos de Cris sobre as ondas.

Quando ela voltou à terra firme, nossa bebida já havia acabado. Plínio e Orlando, desmaiados, se enterravam no chão. E Cris congelava. Batia o queixo e achava graça em tudo. Se vestiu às pressas e implorou para que eu a aquecesse com um abraço. Obedeci. Mas ponderei que seria mais prudente se ela voltasse ao nosso quartinho miserável. O vento podia inflamar sua garganta. Ela concordou, lamentando que só tivéssemos um beliche onde dormir enquanto aqueles dois babacas desperdiçavam uma cama de casal. Me fiz de bobo. É a minha especialidade.

Nos apoiando um no outro, deixamos a praia, sozinhos.

Cris estava louca, louca, louca. Desabou na parte de baixo do beliche e inventou de enrolar outro baseado. E deu para falar sobre o meu cabelo — na época, bem mais comprido que o dela. Disse que cabelo de homem era melhor que cabelo de mulher. Que homem cuidava melhor do cabelo. Que o meu cabelo era o mais bonito que ela já vira. Me deitou no colo. Me propôs um cafuné sem compromissos. Eu aceitei. Me acariciando a nuca, ela disse que me achava "diferente dos outros".

Certo. E quem não conhecia aquele tipo de conversa? Para ela, eu possuía uma "beleza diferente". Uma beleza de "traços delicados".

Enfim, perguntou se podia me maquiar.

Maquiar?

Por que não? Tempo para uma brincadeira nós tínhamos de sobra. Me barbeei. Lavei o cabelão. Cris o alisou como pôde, com escova e secador. Me empalideceu a cara e o pescoço com pó compacto, pintou sombras quentes nas minhas pálpebras, corrigiu a simetria das minhas sobrancelhas, me aliviou do peso das olheiras, afinou meu nariz brilhoso, desenhou maçãs no meu rosto magro, coloriu os meus cílios com rímel azul e os meus beiços com batom vermelho. Era uma artista.

Eu não acompanhei a transformação. Apenas mantive os olhos fechados, sentindo a sua mão experiente trabalhar na confecção da minha máscara feminina, segurar minha cabeça com firmeza e cuidado, erguer meu queixo em busca de luzes mais adequadas.

Depois, insistiu para que eu experimentasse um dos seus vestidos. Escolheu um de malha, manchado de rosa e amarelo, muito curto para o meu tamanho. As alças não me apertaram os ombros nem prejudicaram a minha mobilidade. Mas nenhuma das suas sandálias me serviu.

Me analisei no espelhinho da parede: uma caiçara descalça. Visão perturbadora. Cris aprovou o resultado do seu trabalho.

A boneca está pronta, decretou.

Ela se acomodou no colchão, sentada sobre os tornozelos, a calcinha branca se insinuando na penumbra das virilhas. Queria que eu desfilasse para ela. Sem problemas. Rebolei, sem convicção nenhuma. Mas funcionou, Deus que me perdoe. A Cris parecia um pedreiro me olhando.

Finalmente, ela me agarrou pelos joelhos, me desequilibrando, e me puxou com violência para a cama. Achei que ia dar merda, mas o estrado aguentou o tranco.

Não me esqueço do gosto ruim de sal e álcool em sua boca. Mas não lembro de ter ouvido um grito ou mesmo um gemido. Nada, não ouvi nada. Ela ficou bem quieta. Eu também não disse nada, acho. Apenas agi naturalmente. Como qualquer bêbado agiria. E eu estava muito, muito alegre. A alegria sempre me embotava o discernimento. Até hoje é assim.

Portanto, nunca pude determinar a gravidade do meu erro. Cris Costa, La Chanteuse, era virgem. E por que não seria? Só percebi tarde demais. Mas, se eu não perguntei nada, ela também não me avisou. Quando acordei, no meio do sábado, Plínio e Orlando roncavam alto atrás do compensado lilás. E nem sinal dela. Me cobri com uma toalha e corri para o chuveiro. Tinha que remover a porra daquela maquiagem.

Esperei a moça no bar. Cris voltou ao Ponta-de-lança quase duas horas depois. Apareceu enrolada numa canga. Ai, gostosa. Me cumprimentou com pressa e sem graça. Precisava de um banho, avisou. O sol estava muito forte. A praia estava cheia. Alguém se afogara, mas fora resgatado. O salva-vidas estava orgulhoso.

E eu? Disposto a conversar. E ela? Nunca demonstrou o mesmo interesse. Se trancou no banheiro e sete anos se passaram. Oito anos. Sem um comentário sobre o acontecido.

Cris devia saber o que estava fazendo. Quer dizer: se eu a tivesse estuprado, por exemplo. Se eu a tivesse forçado a fazer alguma coisa, se tivesse sido muito grosseiro naquele dia, ela teria continuado com a gente? Teria continuado cantando comigo? Viajando e puteando por aí, como puteava e ainda puteia? Vai saber.

O biólogo marinho alemão abriu a carteira e entregou um cartão à minha cantora. Hans Franz Schmidt Chucrute, o grande corno boca-mole, especialista em copépodas e em lesmas-do-mar. Ela guardou o papelãozinho na bolsa.

Sabe o quê? Bando de filhos da puta.

Notei que a comida estava me fazendo mal. Meu estômago chiou. Larguei os talheres. Esfreguei os olhos. Fiz uma bolinha com o guardanapo. Tomei um gole d'água. O pior de tudo? Aquela bossa na cabeça. *It´s goodbye to my little boat of love.*

Little boat, my ass.

unmixadoredespixelpulpempurex.edu

az vinte anos que a Lídia nasceu, numa quarta-feira de cinzas. Lembro bem. O único carnaval que sua mãe perdeu, o único que seu pai pulou desacompanhado. Profissionais de certa categoria, passaram por quase todas as nossas escolas. E a Lídia puxou os dela, desde pequena. Hoje já é a segunda porta-bandeira da Embaixadores de Xanadu. Vende sapatos no shopping, de segunda a sábado, o ano todo. Um domingo a cada duas semanas. Mas se você a intimar, perguntar o que faz da vida, ela não vai te dizer que é vendedora de calçados.

Conheço a menina. É cheia de peculiaridades. Natal, por exemplo, só em fevereiro. É quando a Lídia sai a pé pelo centro, peregrina, sem medo da madrugada. Vestida com a roupa do desfile: brilhos, rendas, babados, lantejoulas. As bochechas de purpurina. Só não leva junto o mestre-sala. Visita as marquises da biblioteca pública, os fundos da catedral, a selva da Praça Osório. E vai oferecendo café com leite aos meninos de rua que encontra no caminho. Ela os acorda na calçada, nos buracos, debaixo das árvores, gentilmente. Garrafa térmica numa mão, copinhos de plástico na outra, serve a bebida quente aos piás. O estandarte, ali, encostado num poste. Uma fada e sua varinha de condão. O poderoso pavilhão de Xanadu.

As crianças acham que aquilo é um sonho, a Lídia me disse uma vez, e quanto mais colorida a sua fantasia, mais bonito o sonho delas.

Eu acho que ela é meio louca.

•

Ai, a Marlene. Sabe tudo sobre o carnaval curitibano. Cinco décadas de transformismo. De idade avançada, mas desconhecida. Enciclopédia de coisas sujas, índex das modalidades sexuais favoritas da província. Foi rainha do Gala Gay catorze vezes consecutivas, de 1968 a 1981. Era presença indispensável no Baile dos Enxutos. Agora, passa seus dias entre as costureiras da Embaixadores. Alfinetes na boca, lábios brilhantes, recheados, entre as faces de buldogue.

Tenho vivido, ela me disse, anteontem, operando a máquina de costura. Diz isso pra todo mundo. A Marlene é bem aquele tipo repetitivo, que se consola com frases curtas, que diz obviedades somente pelo prazer de dizê-las num tom agressivo, meio litúrgico. Afinal, ela explica, cada um faz o seu carnaval e tem o carnaval que merece. Ah, ela é assim mesmo. A sacerdotisa da ousadia.

Agora, justiça seja feita: a Marlene ainda é o principal destaque da Embaixadores de Xanadu. Este ano desfila de novo no carro abre-alas, paramentada de Rainha do Zodíaco. Na comissão de frente, onze meninas representam os doze signos do horóscopo. É que faltaram pano e dinheiro pra confecção de uma dúzia exata de fantasias. Assim, uma das moças se veste, simultaneamente, de Touro e Escorpião. Chifres bovinos e rabo venenoso, juntos, no mesmo traje. Ideia da bichona.

•

Dona Janaína se aproxima dos noventa, sem dúvida. Já é baiana de escola de samba há trinta anos, doida pela Embaixadores de Xanadu. Não falta a um ensaio, nunca — ou, pelo menos, não lembro de já ter sentido sua falta. Mas uma vez ficou bem doente e não pôde rodar, um dia antes do desfile. Criou um caso federal, esbofeteou os netos.

Foi o Batom, homem ligeiro, passista considerado na comunidade, quem sugeriu botar a velha num carro alegórico, deitadinha numa vasta almofada de chenile púrpura. E ela teve que se contentar com a solução emergencial, se tornar um arremedo de odalisca de harém, as pelancas negras de fora, à vista de todos, pela primeira vez na vida. Desfilou chorando, de uma ponta à outra da avenida, a linguinha entrando e saindo da sua toca molhada. De vergonha, nem olhava pras arquibancadas, pra evolução da escola.

O povo comentou, mais tarde, que a doença e o vexame fizeram bem a dona Janaína. Ela mesma reconhece que sempre foi uma velha sem chão, sem humildade. Só que todo esse orgulho, tentou explicar, depois do desfile, não era culpa dela, não, e sim de uma vida longa demais, pontuada por glórias.

A primeira, registrada aos nove meses. Dona Janaína ganhou um concurso de robustez infantil, promovido por uma fábrica internacional de chocolates. Guarda até hoje o troféu de prata, em cima da geladeira. Mas seu maior triunfo se deu aos sessenta e poucos anos. Foi quando cantou "Hosana Hey" para o Papa João Paulo II em pessoa. Das trinta senhoras empoleiradas no coral da terceira idade, só uma teve a mão beijada pelo sumo pontífice: dona Janaína, desde então maldita. Diz que o santo padre inoculou nela o vírus da presunção. Culpa dele, daqueles seus olhos estreitos de beato. E da lambida discreta que, ela jura, o papa lhe deu entre os dedos da mão esquerda.

•

A Valéria não. Nunca foi de família carnavalesca. A mãe é que gostava de ver o desfile na rua, todo ano. Amava a Embaixadores de Xanadu, com um amor que prescindia de motivos. Ou não. Talvez fosse só uma questão de assanhamento, de ter uma desculpa pra sair de casa. O marido, contador, achava tudo aquilo ridículo, claro. Não engolia o samba local, se recusava a acompanhá-la. Por isso, forçava a mulher a levar a filha a tiracolo. Pra evitar eventuais liberalidades.

Já a criança nunca compreendeu aquele espetáculo. Analisava os rodopios da porta-bandeira, seu sorriso congelado, dirigido aos holofotes, o peito arfando no decote largo, um fio de suor correndo entre peitos firmes, o vale dos desejos de todos. E tudo que conseguia era sentir ódio daquilo. Só isso: uma inveja mortal daquela princesa sem reino e sem pudor, mulata metida, cortejada por um dançarino de penacho, idolatrada por malacos de peruca branca.

Assim, nunca se meteu seriamente com carnaval, até completar seus quinze anos. Um dia, faz bem pouco tempo, a Embaixadores promoveu um ensaio especial, com linguiçada e show de passistas, bem perto da casa da Valéria. A moça foi assistir, encantada pela antipatia que esses rituais despertavam nela, viciada na adrenalina das emoções negativas.

No terreiro, tudo foi muito rápido. Nosso presidente a prensou num canto. Uma paisagem de araucárias pintada na parede atrás dela, uma gralha azul desvairada, uma coxa forte entre as coxas da forasteira. Loira, vem ser a nossa, a minha rainha da bateria, ela me contou que ele disse a ela, a primeira coisa que falaram, a melhor coisa que já aconteceu na vida da polaca.

Hoje, primeira-dama, Valéria carrega na testa as cores de Xanadu. Três penas de ema: uma vermelha, a segunda verde, a última lilás. Mas continua sem entender de onde vem todo o poder que lhe outorgaram.

•

Ano passado, quando morreu o Kublai Khan, saudoso puxador da Embaixadores, chamaram o Tião do Velcro como substituto. Na hora de nomear seus ajudantes, o cantor surpreendeu a todos e favoreceu as filhas: Milena, coitada, que nem catorze anos tinha, e Melina, a mais velha, de dezessete.

Melina não era sempre que podia ensaiar. Tinha que se virar, fazer faculdade, arranjar emprego. Acabou largando a carreira de cantora. Mas Milena, até agora, continua na flauta. Quando vier o vestibular, diz que vai pensar um pouco na vida prática. Pra bem depois, seu sonho é ser médica; agora, isso não vem ao caso. Sua missão é defender o enredo da Xanadu deste ano. Do Mangue de Antonina às Cataratas do Iguaçu, a Travessia de Marco Polo rumo ao Nada: Relato Inconteste da Luta e do Consequente Fracasso dos Bandeirantes de nossa Vida ao Grande Imperador dos Planisférios de Papel.

•

Somente devido ao esforço e à mentalização de todas essas pessoas, a vida é sempre boa e nossa escola é sempre a campeã. Nunca perdeu. Sempre sai. Nunca falha, apesar das dificuldades, dos ventos que destelham nossa quadra, das chuvas que anualmente derretem nossos carros de isopor e papel machê. Quando nossa escola vem, vem pra ganhar. Invade tudo, caudalosa, bem mais que qualquer outra. Um mistério, a Embaixadores de Xanadu na avenida. Mar de gente sem sol.

São

Menécio era um jovem de espírito nobre, único herdeiro de uma poderosa família de barões da comunicação. Apesar da boa aparência e da vida austera e saudável que levava, de um dia para o outro passou a sentir dores agudas e apavorantes que o impediam de comer, dormir e até mesmo de estudar as escrituras. De natureza cordata, se submeteu pacificamente a todos os exames que a melhor junta médica de sua cidade lhe solicitara. Nos laboratórios mais sofisticados do país, porém, a única conclusão a que os técnicos chegaram era a de que nada existia de ruim naquele homem. Nenhum mal, pelo menos físico, a erradicar.

Intrigado, São Menécio recorreu a psiquiatras e psicanalistas de tevê, profissionais gabaritados que, por amor ao experimento e piedosa precaução, aditivaram seu sangue com os venenos mais confiáveis já forjados pela farmacologia humana. Como nenhuma melhora foi notada, mesmo após meses de tratamento intensivo, São Menécio se fartou das pílulas, das injeções e da humilhação das terapias e do psicodrama. Falível, o jovem se deixou entristecer e, abatido, isolou-se das aflições mundanas. O refúgio escolhido foi a ampla casa de praia de seus pais, onde planejava permanecer jejuando — devido a uma azia inexplicável — durante toda uma longa temporada de inverno.

No ermo, tudo mudou depressa. No fim de uma manhã de preguiça e chuva fina, São Menécio acordou disposto, como havia muito não acontecia. Seus tormentos pareciam ter se extinguido. E, naquela mesma noite, após recitar suas orações, um *insight* o visitou entre os lençóis de algodão egípcio, na forma emasculada de um anjo negro de feições tristes e luminosas. Era a dor dos outros que São Menécio sentia, dizia ele, não a sua própria. Nada a temer, portanto. Somente quando o jovem estava acompanhado é que todo aquele sofrimento, definitivamente ilusório, se manifestava.

Assim, justamente por se tratar da dor alheia é que São Menécio perdeu o medo dela. E aquele foi o seu primeiro passo em direção ao destemor absoluto. O seguinte foi aprender a controlar o seu problema, domesticar a sua condição e, retornando ao convívio doloroso da humanidade, vivenciá-la como uma grande aventura mística.

A princípio, São Menécio provava apenas das dores físicas daqueles de quem se aproximava. Neófito, saía à rua à cata de experiências inofensivas. Tratava a questão com sabedoria e com toda a prudência necessária. Começou com suaves torções de tornozelo, braços fraturados na tipoia, gordas lombares submetidas a emplastros baratos. Pouco tempo depois, bem mais seguro, buscou a queimação das gastrites ulcerosas, o incômodo das cefaleias crônicas. As enxaquecas e as esofagites de refluxo, os males hepáticos e intestinais. Cansado de trivialidades, enfim ousou. Permitiu-se sofrer a cólica menstrual de uma adolescente de treze anos, respeitosamente abordada no portão de um colégio de freiras, na presença de pais e professores.

São Menécio não demorou a procurar emoções mais pesadas e satisfatórias. Fazia tempo, o santo extravagante sonhava em manter contato constante e íntimo com pacientes terminais de todo tipo. Tornou-se um notório caçador de moribundos. Abandonou de vez o emprego exasperante na empresa paterna e assumiu publicamente a sua vocação real, imperativa: a caridade. Atolando-se no trabalho voluntário, beijava os queimados sem esperança, abraçava as vítimas de amputações, os portadores de síndromes degenerativas, tão carentes de toques amorosos. Acampava nas UTIs, predador noturno, enfeitiçado pela dor dos que protagonizavam os acidentes automobilísticos mais espetaculares. Operários caídos de andaimes, bêbados esfaqueados em contendas de bar, prostitutas baleadas na cabeça, convalescentes de cirurgias delicadas — quantos não encontraram amparo nos braços do santo?

Fissurado, São Menécio também conquistou as maternidades, numa carreira perigosa, sem freio, em busca das inescrutáveis dores do parto, da ultrassensibilidade dos úteros ocos, do desconforto irritadiço dos bebês desalojados à força, a luz queimando seus olhinhos, o ar e o iodo a arrombar suas traqueias. Em seguida, passou a absorver as angústias espirituais dos que o rodeavam, transformando-se em presença querida e infalível no velório de defuntos pubescentes, crianças afogadas no berço, meninas estupradas em família. Convidado a desbravar clínicas psiquiátricas e penitenciárias, nunca perdia a viagem. Fazia adormecer em seu colo os furiosos, ninava junto ao peito os prisioneiros da tuberculose.

Bem mais tarde, alçado ao concorrido posto de maior celebridade solidária do século, São Menécio aprimorou seus poderes a ponto de sentir a dor psíquica de sua época, a agonia inconsciente de todos os seus contemporâneos. Veterano, já um pouco enfastiado, se viciou nos tormentos coletivos. As guerras, os holocaustos tribais, os terremotos, as catástrofes climáticas, tudo isso lhe dava a noção exata da eternidade, a certeza da existência de Deus.

Sempre que tentava dormir sozinho, no entanto, no seu *loft* de solteiro, São Menécio se entregava ao pânico. Era quando as próprias dores, pequeninas e estúpidas — uma inflamação leve na garganta, um pedaço de frango preso ao molar —, o torturavam. Nessas ocasiões, qualquer coisa apavorava o santo já de meia-idade, o convencia a esperar, para qualquer momento, a morte indesejada, o óbito em decorrência de uma mera dor de barriga, da expulsão violenta e atravessada de gases mal-intencionados. A solidão de algumas horas, a paz e a quietude, o sossego do mundo escuro à sua volta faziam com que o santo não mais se sentisse parte integrante de um conjunto social vivo. Por isso abandonava a cama e vagava pela madrugada da cidade grande, afoito, os pés protegidos por um bom tênis de corrida, atrás de um clássico albergue putrefato. Lá, com fé e com sorte, talvez falecesse durante uma noite de suplícios.

Tanto rezou para que isso acontecesse que, finalmente, teve sua recompensa. São Menécio recebeu a palma do martírio em um desses antros de fraternidade forçada. Se recusou a participar de uma estranha barganha sensual proposta por quatro mendigos histéricos e acabou espancado até a morte. Foi catapultado aos portões do céu há exatos dez anos. Adentrou o paraíso gloriosamente, a cavalgar uma onda de prazer indizível, erguida na superfície de sua alma pelo poder expiatório dos primeiríssimos chutes que tomou na vida.

nova, Senhor. Ela chegou e se estabeleceu. Por isso, sou toda alegria e contentamento; por isso, agradeço a graça concedida. Sou rebelde, mas não ingrata; inquieta, mas nunca insolente. Em respeito ao nosso passado, até prometo não gritar aleluias na Tua presença. Não rodopiar de paixão diante do Teu altar estéril, nem bater palmas ou dançar ao som quadrado da Tua banda. Também não vou me atirar, sem meias, o riso e os cabelos soltos, no colo de um ídolo de palha. Não, Você não me verá devassa, não neste mundo. Ainda não estou perdida. Ainda Te respeito e dignifico. Apenas abdiquei da tua salvação certa, ciente de que com isso abri um fosso aos meus pés. Pago o preço. Mas Te asseguro, sem muita emoção e com o último pingo impoluto da minha coragem, que minha vida enfim tomou o rumo reto. Entrou num eixo paralelo ao Teu. Você já sabia disso, não sabia? Sabe de tudo, não sabe? Pois está aí a primeira coisa que Te pergunto: essa minha nova condição vem de onde? É a primeira e a única coisa que Te pergunto, prometo. A minha felicidade atual, quem a determinou? Foi gerada em que ventre, por quem, a partir do quê? De uma ordem Tua aos elementos e aos anjos? Ou de um descuido Teu?

Como? Não ouço a Tua voz, faz meses que não Te escuto. Não me responde mais? Ficou surdo? Só fala com os tristes? Pois vou Te dizer o que acho desse Teu comportamento, dessa Tua distância. Acho que é birra e prepotência, coisa feia, de criança sem dente, gato gordo, cachorro pequeno. Não Te cai bem, de jeito nenhum. Não combina com Tua banca de interventor. Inclusive, só pra Te provocar, Te adianto aqui uma opinião que passei a cultivar: creio que a felicidade — a minha e talvez qualquer outra felicidade — é sempre gerada a partir de algo que não presta, de algo que é o oposto de Você. Explico melhor, pra ver se Te desperto o gênio ruim ou algum tipo de reação enciumada. Creio que a felicidade nasce de todas aquelas coisas que, antes, pra mim, por mágica e influência Tua, nem prestar prestavam. Que pareciam não prestar, mas que no fundo prestam. Foi mesmo uma novidade pra mim, uma surpresa ver vingar essa alegria, nascida apenas do oco da minha carne eternamente irritada. É tudo que posso Te dizer por ora. Você sabe que eu não Te escondo coisa nenhuma, não sabe? Nunca Te escondi, e como poderia? Também sabe que Te dei de tudo, a vida toda. Em se tratando de louvor e oração, o que foi que Te faltou? Algum holocausto íntimo? Minha linfa num cálice, meu sangue numa bacia? Todo mês foi Teu, cada gota dele, até a fonte secar em definitivo. Sei e reconheço que é, de novo, hora de Te celebrar e agradecer, hora de entoar hinos e compor salmos em Tua homenagem. Sempre é hora de Te engrandecer com a nossa humildade. Te conhecendo como conheço, sabendo de Tuas carências e inconstâncias, quem seria capaz de Te recusar uma hora diária de devoção e carinho? Eu é que não, nunca. Tenho os meus medos, e Você sempre foi o maior deles. Mas também tenho minha meia dúzia de dúvidas. Sendo assim, antes de mais uma vez Te elevar qualquer cântico original, preciso esclarecer uma questão nossa, só nossa. Posso? Será que Você me permitiria pelo menos essa audácia? Como? Emudeceu? Pois fique sabendo que, a partir de hoje, tomo Teu silêncio como consentimento.

Primeira coisa: tem esse cara. Que é um cara que eu mal conheço, eu sei. Posso até pressentir a Tua reprovação dilacerando meu ombro. O sol ardido da Tua censura. A cruz de dez toneladas. Mas acontece que mentir não é comigo — e tem esse cara, que mal conheço e já amo. Na verdade, Te digo mais, Te digo melhor: já carrego esse cara dentro de mim, emparedado na lama seca do meu peito, desde o nascimento da minha alma, numa caverna aberta pela Tua mão de aço, a socos e arranhões, na pedra áspera do tempo, cinquenta mil anos atrás.

Você quer saber como é que eu sei desse amor tão antigo, rival direto do Teu? Sei lá, Senhor, impossível Te explicar qualquer coisa. Não há mistério que Te desafie. Se quiser, me explique Você mesmo. Como é que eu sei que o Senhor existe e que está me escutando? Questão de fé, intuição, palpite forte. E quando foi que essas coisas sem pé nem cabeça Te incomodaram antes?

Não é essa a dúvida, portanto. Deixei claro? Nenhuma dúvida quanto a esse amor, nenhuma. Ele aconteceu e pronto. E esse cara é o cara. Mas o que dizer dele pra Você, pra começo de conversa? Fácil: o básico. Ou seja, aquilo que vai Te interessar logo de início, aquilo que vai te manter atento, que vai Te aproximar de mim novamente — pelo menos o bastante pra que Você me ouça. Escuta só: esse homem que eu amo é um ignorante. Sim, um ignorante, quem é que vai negar isso? Ele sequer Te conhece. Por que eu esconderia isso de Você? E por que não permitir este defeito menor a alguém tão grande, tão largo, em tantos outros sentidos? Não tão grande e largo quanto o Senhor, é claro, mas suficientemente grande e largo, compreende? Eu própria não me sinto suficiente pra ele, nem sei se o satisfaço. Sei que Você me compreende. Apesar de dengoso, Você é bem inteligente. Você é a própria Inteligência, enquanto ele é, sim, um ignorante. Só que muito bem-sucedido. Quer saber? Ele é um desbravador — coisa que Você nunca foi e nunca vai ser, já que conhece tudo, sempre conheceu. Ele é um burro, um cavalo gigante a trotar nas nuvens, desavisado, destemido, a varar tempestades elétricas, a crina e os olhos em chamas; já Você é a tempestade e as nuvens, é a eletricidade, o destemor e as chamas, o pasto das bestas e o quartel dos querubins. Mas é ele, só ele, que eu quero pra minha vida. E sabe por quê? Porque, ao contrário do Senhor, ele não me ignora, de modo algum. Não ignora esse amor imenso como Você, esse amor que eu dedico a ele e que — milagre — venho recebendo de volta. Pelo contrário: esse amor nosso, tão descabido e tão pouco manso, o estimula a cada minuto do seu dia. Vou facilitar as coisas pro Teu entendimento: enquanto o Teu amor me põe de joelhos, o dele me põe de quatro. Pronto, já disse. Não gostou? Me fulmine com um raio. Quer que eu me cale? Então vem, com todo o Teu cuspe e a Tua eficácia, vem e cola, bem aqui no meu palato, a minha língua astuta de mulher.

    De que Te adiantaria? Tem esse cara. Ele não é perfeito, é lógico que não é. Agora mesmo deve estar assustado, eu sei. Assustado com a força que descobriu existir, latente, no nosso amor. E espantado com a própria força também, que o faz trabalhar dobrado, penar em dois empregos e outros tantos bicos, por mim, só por mim. Ele está no trabalho agora, é claro. Não está aqui, nunca está em casa. Não é como Você, sabe? Que nos sufoca com a Tua onipresença calada, espectral, com a Tua ubiquidade possessiva. Ele está sempre longe, está sempre fora, trabalhando a toda. Checando seus estoques de roupas e sapatos, os suprimentos pra nossa gente, fiscalizando a procedência e a papelada de multidões de bonecas chinesas, regulando a altura das suas cordilheiras pardas de papelão e fita adesiva, das suas montanhas de eletrodomésticos importados, controlando o entra-e-sai das televisões, dos computadores e dos monitores de plasma, o tráfego das empilhadeiras e dos caminhões no galpão e no pátio da transportadora. Anda trabalhando como um louco, sim, trabalhando demais. E é preciso trabalhar. Quem é que impede, afinal, os acidentes de trabalho, o desvio das cargas, o atraso das entregas? É Você ou é ele? Está aí uma coisa que eu queria Te perguntar, a única coisa que sempre quis Te perguntar: o que Você faz de efetivo, de determinante? Sei que Você já disse, num momento imortal de impaciência, que administra não sei quais reservatórios de neve, que supervisiona cem mil celeiros de granizo para os tempos de calamidade. Sei que Você cava trincheiras no espaço, abre caminho para os trovões e os relâmpagos, congela e descongela a água dos lagos, costura constelações e aglutina nebulosas, arpoa baleias e demônios com a Tua lança imensurável, reluzente. Mas vamos combinar o seguinte: é tudo capricho Teu. Porque Você não precisa de nada disso. Você é uma claraboia aberta sobre a Tua própria vaidade. Pensando bem, quem mais poderia ter inventado a Vaidade, senão você, minha Glória?

Mas meu homem não, ele não é vaidoso. Trabalha por necessidade, pra me bancar, pra me manter disposta na cama e na cozinha. Quer motivação melhor? Ele tem mais calos nos dedos, mais rastros azuis de esferográfica na mão, do que fios de barba no queixo. É um escravo do futuro que sonhou pra nós dois. E é tão moço ainda, tão lindo. Seu suor nem fede, sabia? Ele tem um cabelo cheiroso de nenê, a pele como a pele das ameixas. Tão jovem e batalhador, coitado, tão inocente e distante das próprias coisas. Não está aqui, quase nunca está em casa, não é como Você — digo isso e quase emendo: graças a Deus.

Sei que Você é amor, sempre soube. Mas todos nós o somos. Cada um, um tipo específico de amor. Deficiente, mas ainda assim vivo, real, pronto pra lutar. Ao contrário do Teu, e longe do Teu, o nosso amor é um amor sem luz. Um amor escuro, predestinado, que vai se desenvolver na sombra até a morte, eu admito. Que vai crescer cego, sem olhos pra nada, numa gruta funda e fedorenta, bem longe da Tua claridade e das Tuas noções tortas de orgulho. Não preciso mais delas, Você compreende? Por isso, não nos ilumine, por favor, não mais, nunca mais. É a primeira, a última coisa que eu Te peço na vida. Não persiga com as Tuas ladainhas e com as Tuas cobranças e promessas esse nosso amor negro. Deixe que ele se esconda numa toca qualquer, cavada no barro, permita que ele cumpra ali, animal do lodo, a quarentena moral que tiver que cumprir. Enquanto ele estiver vivo e febril, tudo bem. Eu me garanto e eu nos garanto — eu garanto. Mas se ele morrer, tudo muda. Se ele morrer, não pense que não saberei de quem é a culpa. Porque o assassino é sempre Você. O único assassino que sempre existiu, o único assassino possível. E, se esse amor morrer pelas Tuas mãos, eu vou morrer com ele. Vou dar a ele um fim fulminante e festivo, uma morte à altura das expectativas que eu mesma concebi, num arroubo de criadora ferida, num rasgo invejoso de onipotência. Há de ser um óbito explosivo o desse amor, um passamento iluminado, Te prometo. É um compromisso que eu assumo, na Tua frente.

Se bem que não sei, não. Às vezes, até me acomete uma fraqueza: acho que ele não pensa tanto em mim quanto eu penso nele. Decerto não pensa em mim da maneira como penso nele. Loucamente, sabe? Compreende? Porque pensar nele, o tempo todo, loucamente, é tudo que me cabe fazer. Além de protegê-lo. Aninhá-lo. Mantê-lo limpo. Como uma mãe e sua cria Aliás, Você nunca fez de mim uma mãe; e nunca consegui pensar em Você como num filho.

Agora é tarde. Pra mim, nunca pra Você. Por isso, prefiro terminar meus dias pensando nesse cara que aprendeu a me amar sem esforço, como quem redescobre um talento inato ou um ofício aprimorado numa encarnação anterior, vivida há milênios. Sim, sei que Você sempre me alertou contra a mentira que é a transmigração das almas. Mas ele, de repente, me fez acreditar no contrário: creio não só que já nos conhecemos de outras vidas, mas também que, um dia, eu já fui ele e ele já foi eu. Me poupo de Te explicar essas minúcias. É uma crença que eu mesma inventei e desenvolvi. Não precisa de lógica. Pra mim, ela é mais do que adequada. Ela me satisfaz plenamente.

Porque esse cara o que é, afinal?

Esse cara é a minha função.

Esse cara é o meu material.
É a minha massa. Meu fluxo sanguíneo.
Ele é carne, entende?
É um ignorante de tudo, da vida e da maldade, mas é tão moço e é tão meu. Você compreende isso? A questão da exclusividade e da juventude? Duas coisas que Você me roubou. Pra tentar recuperar isso foi que eu me mudei pra esta casa, tão precisada de cuidados. E me mudei pra cá a pedido dele, o meu novo zelador. Me mudei pra esta casa que não é Tua, que nunca será Tua, mas desse outro que quase nunca está aqui e que, na verdade, nem se interessa por ela — pela casa e pela verdade. Se interessa apenas pelo lar que esta casa pode vir a ser. Se interessa por mim e por nós. Pelo amor novo que habita a casa, e que a mantém arejada, fresca, livre do pó, e dos insetos, e dos parasitas, e da estagnação de todas as coisas velhas. Porque esta é uma casa nova. O templo da minha mocidade reconquistada. Não é verdade que, a cada novo habitante, as casas se reinventam, se remodelam? É como as coisas têm que ser. Pra esta casa, então, sou eu a mudança, sou eu a reforma. A demolição. O recomeço. A vida nova. A torre indevassável. Eu sou tudo isso, e sou tudo ao mesmo tempo. Eu sou o que ele quiser que eu seja, a qualquer hora do dia e da noite.

Por isso, me deixe sozinha com ele. É a primeira, a última, a única coisa que Te peço. Me abandone. Me deixe pra trás. Me largue. Em troca, abro mão do Teu amor plural, violento e sem fim. Sei que Você me entende. Nós, os limpos de coração, sempre chegamos a um acordo.

Obrigada.

amigo vivo, amigo morto

amigo vivo disse ao amigo morto:

— Quando você morreu, levou embora principalmente o teu corpo e a tua voz. Deles é que sinto falta. Não me ressente tanto a suspensão brutal das tuas piadas, do teu amor ou da tua ajuda nas piores horas, mas sim a perda da tua voz, sempre ao alcance de um telefonema, e da tua força, a fazer a diferença nos cabos de guerra. É por isso que, sempre que sonho com você, como agora, preciso tocar os teus cabelos, te despentear e amassar a tua camisa com um abraço, sentir a esfera do teu crânio ainda quente em minhas mãos.

O amigo morto disse ao vivo:

— Comigo é diferente. Quando venho te visitar, são dois os meus motivos: pena de você, por te ver preso a uma lacuna; e saudade, não do meu corpo e da minha voz, definitivamente já perdidos para o tempo, mas da tua voz e do teu corpo, estes sim ainda quentes e, por isso, para mim, mais desejáveis. Meu mundo hoje é uma geleira no topo do céu. O teu é um rodapé, distante de todos os lustres. Cabe a você roê-lo por dentro, até a tinta, como eu fiz, até que a tinta e o dentro se confundam e se acabem.

— Sim, fale mais.

— Meu mundo é sobretudo o silêncio.

Dito isso, o amigo morto se calou. E o vivo compreendeu que o outro não podia mais falar. Era um fole vazio entre os seus braços.

Colado

à velha rodoviária se ergue o Hotel Anhangá. Um dia cai. Amanhece no chão e pronto. Por enquanto resiste. É um predinho tosco de dois andares e seis cubículos de oito metros quadrados cada. E o banheiro é só um, comunitário, maior que os quartos. Para chegar até eles, os hóspedes se espremem entre paredes encardidas, cobertas de mensagens esferográficas ou rabiscadas a batom. Parece uma ratoeira gigante, armada num miolo de quadra. No corredor, no corrimão, nos degraus rangentes da escadinha estreita, a madeira suada parece viva e, entre as ripas mais frouxas, explodem os fungos e as orelhas-de-pau. Dá um nojo desgraçado. Mas há quem veja charme naquela armadilha. Eu via.

E os casais no Anhangá? Que gente. Tentam se acomodar sobre camas de concreto acarpetadas e colchonetes de três dedos de espessura. O pior é que se acomodam, sempre. Dizem que qualquer teto é melhor que o céu aberto e vermelho do centrão. Depois de trepar, experimentam dormir, embalados pelo tropel furioso dos últimos gambás de Curitiba. Tem um bando deles correndo, extrovertidos, lá no forro. Ninhadas inteiras de gambás urbanos, gordíssimos, malandros.

Há muito com que se admirar no Anhangá. Os fregueses desavisados se assustam com o famoso baile de espectros que, lá pelas tantas, toma conta do papel de parede. Não é brincadeira. Ali se combinam, nas folhas malcoladas, manchas coloridas de infiltração e de bolor, parindo, do nada e da sombra, milhões de carrancas de monstros submarinos, esqueletos vivos de peixes abissais.

Dou meu testemunho: o bailinho acontece. E quase nos leva à loucura, no meio da madrugada. Certa vez, pensei ter visto o meu próprio rosto, risonho, rodopiando entre a penteadeira e um crucifixo quebrado, onde se acabrunhava um Cristo triste, amputado de seu braço direito. A ilusão durou quase cinco minutos e, até hoje, não lembro de haver enfrentado visagem mais assustadora.

(É claro que era só uma ilusão de ótica. Mas a ilusão aconteceu. Não chega?)

Antes de entrar no hotel, eu sempre perdia alguns segundos apreciando sua fachada. Em especial, a pintura de sua placa, bem visível sobre a portinha de madeira e vidro fosco que separava da rua o Anhangá. Curioso. Pagaria cem reais, por baixo, para conhecer o pintor daquela obra quase rupestre. Está lá até hoje. Sobre um fundo escuro, acinzentado, salta um veado branco com olhos de fogo. Na testa do animal, o corte fundo de uma cruz. Demorei muito para perceber que o risco escuro em seu peito largo era uma flecha. O Anhangá — é esse o nome da assombração —, ferido, decerto lutava contra algum baixo poder. Mas, na luta, não havia sangue. Apenas a flecha fincada num peito seco.

Uma vez, consultei Ermelino a respeito da significação fabulosa da figura. O caboclo me explicou que é coisa de seu pai índio, falecido, há vinte anos, de "morte xucra, acidente sobrenatural". A identidade do pintor, ele também desconhece. Me contou apenas que lá, no cafundó bárbaro onde nasceu, era costume bastante aceito pelos antigos matar qualquer veado que saísse, sem motivo decente, aceitável, do mato ao redor dos barracos. Esses bichos eram prenúncios incontestáveis de tragédia. Só o assassinato imediato da aparição livrava as famílias que o viam da desgraça. Esse Anhangá, branco e pavoroso, seria o vingador de todas as crias mortas ou ameaçadas pelo homem, um fantasma que assumia a forma de antílope nas noites de sexta-feira.

Apesar dessas bobagens, eu gostava do hotel daquele caboclo. Quando estive lá pela primeira vez, no primeiro dia do novo milênio, acabei rendido e conquistado pelo absurdo que parecia reger a casa. Resolvido a acertar a conta e nunca mais voltar, lembro que larguei ainda dormindo uma negrona que eu costumava comer e, sozinho, desci à recepção. Eram sete em ponto. Sentia coceiras até nas virilhas da alma e minha língua parecia flambada. Lá embaixo, Ermelino cochilava numa poltrona de estampa indecifrável, abraçado a uma garrafa vazia de espumante. Precisei chacoalhar aquele homem por dez segundos, até que recobrasse algo semelhante à consciência. Finalmente acordado, me saudou com um sorriso.

Ermelino se revelou de pronto um bom conversador. Fez logo questão de dizer que, além de mim, não recebera nenhum outro hóspede naquela noite. Arrependido da resolução precipitada de trabalhar no réveillon, decidira, após me recolher com a preta, manter fechado o Anhangá. Assim, passara a madrugada festiva bebendo e fumando maconha com uma dona qualquer, "uma puta linda, amigona de outras eras". Bem-humorado e sabedor da péssima qualidade de seus serviços, perguntou se me agradara o "tratamento VIP". Na falta de resposta espirituosa, apenas ri e paguei a despesa. Ele agradeceu e me desejou boas entradas.

Subitamente, interrompeu a própria fala, recordando de algo importante. Gentil, quis saber se, por acaso, não me interessaria um "brinde especial".

Nem tive tempo de responder. Ele ergueu do assoalho, detrás do balcão de fórmica, uma caixinha de papelão que vibrava e fedia intensamente. Dela escapavam chiados dolorosos, horripilantes. Devagar, o bugre levantou cada uma de suas quatro abas. Me encarava, excitado. Até por medo de ofender o cara, resisti à tentação de tapar o nariz. Mas não respirei até que se desvendasse, por fim, o conteúdo misterioso daquele pacote: seis cachorrinhos tigrados, muito jovens, incapazes de se levantar ou de abrir os olhos. Seu pelo, multicolorido, se estragava sob uma montoseira de merda ressecada, farelo de pão e leite empedrado. Se escalavam mutuamente na escuridão da infância, ignorantes ainda da insalubridade da vida. De acordo com Ermelino, a idade dos cães não ultrapassava os três dias.

Escolha um, disse.

Nas barriguinhas brancas, uma corrida louca de pulgas.

A mãe, contou o caboclo, era uma velha cadela de Tamandaré, habitante solitária de um terreno baldio vizinho à casa de seu cunhado. Cansada do mundo, morrera convulsa após o parto temporão, o bucho estourado de placenta e sangue. Foi-se em meio ao tumulto da primeira amamentação. Ermelino achara prudente carregar consigo os órfãos e arranjar, para cada um deles, um dono de boa índole.

Minhas recusas iniciais não foram bem recebidas pelo índio. Sem muita insistência, ele logo as venceu. Fazer o quê? Pelo cangote, catei um filhote qualquer. O grande prêmio.

É uma fêmea, comemorou Ermelino.

Contrariado, ganhei a rua. Na minha mão, beliscada, a guapequinha protestava com justiça, um camundongo chiando. Me fiz de surdo.

Cinco minutos depois, longe da vigilância de Ermelino, me desfiz da estranha cortesia. Numa esquina qualquer, abandonei o filhote sobre uma montanha escura de sacos de lixo. Meu remorso durou exatos dois dias. Certamente mais que o sofrimento da cachorra enjeitada. Deve ter virado comida de ratazana, a preciosa pesteadinha.

Nas minhas visitas seguintes ao Anhangá, precisei mentir descaradamente. Contei a Ermelino que entregara a bicha aos cuidados da minha irmã, professora primária no Jardim Guanabara, mãe de dois piás pequenos. Até inventei, para ela, o nome estelar de Ursa. O cara se emocionou, feliz por saber que o animal pertencia à família tão amorosa. Se julgava responsável pela sobrevivência de Ursa. Se orgulhava ao ouvir, de mim, o relatório fiel de suas espertezas. E posava de pai da cadelagem. Um porre.

O que está feito está feito, eu pensava. Paciência.

Só lamentava o sono perturbado. Porque algo tinha mudado em minha vida. Parece piada, mas, três meses depois do episódio, o Anhangá, em sonhos, já havia me visitado doze vezes. Eu sempre tentava matar aquele veado gigante, com uma lança de ferro que, é claro, eu manejava sem sorte e sem destreza. O monstro, indiferente, cruz aberta na testa branca, avançava, sem um pingo de relutância, e mastigava minha arma como se fosse um churro. Aí, eu acordava apavorado, aos gritos.

Daquele jeito não dava mais. Após a décima terceira visita do fantasma, resolvi tomar uma providência.

No sábado, fui ao Anhangá logo pela manhã. Ermelino me recebeu com alegria.

Olha quem chega, sozinho e tão cedo, berrou, abrindo os braços, amistoso. Notícias da Ursa, amigo velho?

Ao notar minha cara amarrada, logo desarranjou a máscara.

Aconteceu alguma coisa?

A Ursa morreu, provoquei.

Ele não pareceu se abalar. E eu sabia por quê: ele já sabia de tudo.

Eu matei a Ursa, disse. Larguei ela num monte de lixo. Dei de comida pros ratos.

E o Ermelino, ali, sem comentários a fazer. Na verdade, nem teve tempo de abrir a boca. Com a corrente da minha bicicleta enrolada no punho, saltei sobre o balcão e arrebentei aquela cara vermelhona. Quebrei o nariz do sujeito. Parti o seu queixo, chutei os seus rins. Sapateei sobre as costas dele

Se aquele veadinho aparecer no meu sonho de novo, eu volto pra te matar, seu índio babaca, gritei, sentado sobre ele, socando seu peito com as duas mãos. Mato você, seu pau no cu, e taco fogo nesse prédio podre, entendeu?

Ele ficou lá, no chão, uivando de dor e vergonha.

Experimenta levantar, seu merda.

Pois bem, ele não experimentou. O veado branco nunca mais voltou a me incomodar e eu nunca mais voltei àquele hotelzinho.

Uma pena isso ter acontecido, sabe? Antes, eu vivia, sei lá, uma época de inocência.

De qualquer jeito, o Anhangá ainda está de pé. Ao lado da rodoviária. E ainda recebe os seus hóspedes bêbados, perdidos; ainda abriga gambás e pombos e gatos e ratos no telhado. Eu, por mim, desaconselho. Não é um lugar legal. Garanto que não. Quer saber? Digam o que disserem sobre Jesus, ele nunca cruzou o meu caminho. Esse Jesus de quem tanto falam eu nunca vi, não sei quem é, não sei se existe. Mas o diabo, não. O diabo é um malaco filho duma puta. Ele está por aí, à espreita, sempre armando contra a gente. Tentando nos levar de arrasto. Pedindo pra levar na cara.

Créditos

A canção interpretada por Cris Costa, La Chanteuse, em "Little Boat of Love" é "Little Boat", versão do compositor norte-americano Buddy Kaye para a música "O Barquinho", de Ronaldo Bôscoli e Roberto Menescal.

A epígrafe desta obra foi extraída do livro *A Montanha Mágica*, de Thomas Mann, em tradução de Herbert Caro para a editora Nova Fronteira.

O conto "Duas Cartas" foi originalmente publicado na 99ª edição do jornal *Rascunho* e, mais tarde, reproduzido no site *Digestivo Cultural*. A primeira publicação do conto "Ladrão de Cavalos" se deu na revista *Arte e Letra: Estórias E.*